Rocky Beach
··· CRIMES ···

Gefährliche Gentlemen

erzählt von Evelyn Boyd

KOSMOS

Umschlaggestaltung von Claudia Castiglione | Guter Punkt, München
unter Verwendung von Motiven von iStock/ Getty Images Plus

Unser gesamtes lieferbares Programm und viele
weitere Informationen zu unseren Büchern, Spielen,
Experimentierkästen, Aktivitäten, Autorinnen und
Autoren findest du unter **kosmos.de**

Gedruckt auf chlorfrei gebleichtem Papier.

© 2025, Franckh-Kosmos Verlags-GmbH & Co. KG,
Pfizerstraße 5–7, 70184 Stuttgart
kosmos.de/servicecenter
Alle Rechte vorbehalten
Wir behalten uns auch die Nutzung von uns veröffentlichter Werke
für Text und Data Mining im Sinne von § 44b UrhG ausdrücklich vor.

Mit freundlicher Genehmigung der Universität Michigan
Based on characters by Robert Arthur.

ISBN 978-3-440-18193-5
Redaktion und Lektorat: Anne Pagel
Satz: DOPPELPUNKT, Stuttgart
Produktion: Verena Schmynec und Alicia Kaufmann
Druck und Bindung: Finidr, s.r.o., Český Těšín
Printed in Czech Republic / Imprimé en République tchèque

Gefährliche Gentlemen

PROLOG

Vorsichtig bewegte er sich durch das Zimmer. Die bodenlangen Vorhänge waren fast vollständig zugezogen und
ließen nur einen schmalen Lichtschein der heißen kalifornischen Sonne herein. Sein Blick schweifte über die Möbel.
Der Raum war altmodisch, aber geschmackvoll eingerichtet.
Ein Hauch von Hollywood-Glamour gemischt mit ameri-
kanischem Ranch-House-Stil zeichnete das Hotel aus. So
stand es zumindest in den Werbebroschüren, die in der
Lobby auslagen. In früheren Zeiten hatten in der *Ranch zum
Roten Löwen* tatsächlich Hollywoodstars ihre Ferien verbracht. Die Ranch lag nah genug an Los Angeles und doch
in ländlicher Abgeschiedenheit. Weit genug entfernt vom
Trubel der Filmszene und den allseits präsenten Presse-
fotografen. Doch diese Zeiten waren lange vorbei.

Heute verirrten sich nur noch selten echte Stars in diese
Hotelanlage. Der angestaubte Charme der Anlage zog inzwischen ganz andere Gäste an, fuhr es ihm durch den Kopf.
Er verzog grimmig den Mund und wandte sich einem Wand-
schrank zu, der neben einem Kingsize-Bett stand. So leise

wie möglich öffnete er die Schranktüren, immer mit einem Ohr den Geräuschen auf dem Flur lauschend. Den Rest des Zimmers hatte er schon erfolglos durchsucht. Sein Blick glitt über teure Hemden und eine Reihe dunkler Anzüge. Drei Paar handgefertigte italienische Schuhe standen am Boden des Schranks. Ansonsten war nichts zu entdecken. Auch in den Schubladen fanden sich nur sorgsam gefaltete Socken.

Plötzlich hörte er eilige Schritte näher kommen und hielt in seiner Bewegung inne. Wenn nötig, würde er sich im Schrank verstecken, doch zu seiner großen Erleichterung verflüchtigten sich die Schritte. Er atmete auf, denn er konnte es sich nicht leisten, erwischt zu werden. Inspektor Cotta war ohne offiziellen Auftrag hier. Ihm war nur allzu klar, welche Konsequenzen sein unbefugtes Eindringen in die Hotelzimmer für ihn haben würde. Er könnte vom Polizeidienst suspendiert werden.

Energisch schüttelte er den Kopf. Jetzt war keine Zeit für solche Gedanken. Sein Informant hatte für diesen Tipp viel riskiert. Doch Cottas Vorgesetzter hatte die Angelegenheit als Fehlinformation eingestuft und sie nicht weiterverfolgen wollen. Teymur Torres war schließlich nur ein zwielichtiger Kleinkrimineller, der sich unter anderem damit über Wasser hielt, Informationen weiterzugeben. Weil er oft für kleine Delikte im Gefängnis gesessen hatte, hatte er wichtige Kontakte knüpfen können und so erfuhr er gelegentlich von interessanten Kunstobjekten, leer stehenden Villen oder wo Hehlerware lagerte. Alles Dinge, die es sich zu stehlen lohnte. Meistens verkaufte er seine Informationen an andere Gangster, aber gelegentlich gab er auch der Polizei von Rocky Beach einen Tipp. Manchmal sogar beiden Parteien gleichzeitig. So kassierte er Geld von den Dieben und sorgte dafür, dass sie von der Polizei geschnappt wurden. Wiederum warnte er seine Kollegen gelegentlich auch vor den Gesetzeshütern. Dieses Verhalten überzeugte den Polizeichef nicht davon, dass Torres' Hinweis seriös war. Cottas Bauchgefühl sagte allerdings etwas anderes. Er musste herausfinden, ob tatsächlich ein schreckliches Verbrechen geplant wurde.

In diesem Hotelzimmer würde er jedoch nicht fündig werden. Missmutig schloss er den Schrank.

Inspektor Cotta ging zurück zur Tür und öffnete sie einen Spaltbreit. Auf dem Flur war niemand zu sehen. Diese Gelegenheit nutzte Cotta und verließ ungesehen den Raum.

Nachdem Cotta mehrere Zimmer auf dieser Etage ohne Ergebnis durchsucht hatte, wurde er zunehmend ungeduldiger. Warum hatte Torres ihm bloß keinen Namen nennen können? Das hätte die Ermittlung wesentlich erleichtert.

Bei ihrem geheimen Treffen im Botanischen Garten hatte er lediglich den Hinweis auf einen schwarzen Aktenkoffer und einen Zettel mit Zahlen bekommen. Torres' Hand hatte gezittert, als er Cotta die Notiz überreichte. »Bitte, Inspektor, sagen Sie niemandem, dass Sie diesen Code von mir haben. Man wird mich sonst umbringen.«

»Worum geht es genau, Torres?«, hatte Cotta energisch nachgefragt. »Das ist alles sehr vage, was Sie berichten.«

Doch Torres hatte nur den Kopf geschüttelt. »Es wird am nächsten Wochenende in der *Ranch zum Roten Löwen* passieren. Menschenleben sind in Gefahr. Mehr kann ich Ihnen nicht sagen. Sie müssen mir vertrauen.« Dann hatte er sich umgedreht und war in der Dunkelheit verschwunden. Der Inspektor war mit dem Zettel in der Hand und vielen offenen Fragen zurückgeblieben.

Dieses Treffen lag zwei Tage zurück und Cotta war mit seinen Ermittlungen seitdem nicht vorangekommen. Er hatte sich unter falschem Namen in der *Ranch* eingemietet, um sich ungehindert in der Hotelanlage bewegen zu können. Nun schlich er sich wie ein Dieb in die Hotelzimmer einiger spezieller Hotelgäste ein, um einen schwarzen Koffer zu suchen, über dessen Inhalt er nichts wusste, außer dass er vielleicht der Schlüssel zu einem geplanten Verbrechen war. Missmutig steckte er seine Handschuhe in die Hosentasche. Bevor er seine Suche im nächsten Stockwerk fortsetzen wollte, betrat er ein Gäste-WC auf dem Flur.

Als Inspektor Cotta kurz darauf seinem Weg fortsetzte, sah er mehrere Türen offen stehen. Ein Zimmermädchen nahm einen Stapel Handtücher aus einem Wäschewagen heraus. Um sich nicht verdächtig zu machen, tat Cotta so, als würde er in der Hosentasche nach seinem Zimmerschlüssel kramen. Die Hotelangestellte beachtete ihn nicht. Sie ging eilig in eines der Zimmer.

Vom anderen Ende des Flures kam ein Page mit zwei Koffern auf Cotta zu. »Guten Tag, Sir«, grüßte er. Der Inspektor nickte und blickte dem Pagen nach. Dieser stellte die Koffer in einen Abstellraum, bevor er sich wieder entfernte. Einen Augenblick lang blieb Cotta noch auf dem Flur stehen. Das Geräusch eines Staubsaugers drang zu ihm herüber. Der Inspektor wagte es und steuerte auf den kleinen Abstellraum zu. Hier standen mehrere Gepäckstücke, die vermutlich zu den Gästen gehörten, deren Zimmer noch nicht bezugsfertig waren. Das war die Gelegenheit, gleich mehrere Koffer auf einmal in Augenschein zu nehmen.

»Manchmal muss man auch Glück haben«, murmelte Cotta zu sich selbst und konnte sich ein leichtes Grinsen nicht verkneifen.

Doch die Freude verflog rasch, als er bemerkte, dass seine Handschuhe nicht mehr in der Jacketttasche steckten. »Verdammt!«, entfuhr es ihm. Die liegen wohl noch im Waschraum, dachte Cotta. Zurückgehen kam nicht infrage, denn er musste die Chance nutzen, sich die Gepäckstücke anzusehen, bevor der Page sie wieder abholte. »Was soll's?«, murmelte er und beschloss, dass es in diesem Fall auch ohne Handschuhe ging. »Wer wird schon Fingerabdrücke an Gepäckstücken untersuchen lassen, wenn nichts gestohlen wurde?«

Mit geübter Routine begann er, die Gepäckstücke zu untersuchen. Als er eine Reisetasche vom Stapel nahm, entdeckte er dahinter einen edlen Lederkoffer. Neben dem Zahlenschloss befand sich eine auffällige Herstellerprägung. Es war ein kleiner roter Stern. Ein Kribbeln durchfuhr den Inspektor. Dieses Symbol hatte Torres ihm beschrieben. Er war auf der richtigen Spur. Cotta legte den Koffer vor sich auf den Boden. Dann zog er den Zettel mit dem Zahlencode aus seiner Jackentasche. »Jetzt muss nur noch die Kombination für das Schloss passen«, murmelte er.

Er drehte am Zahlenschloss, bis ein Klicken ertönte. Vorsichtig öffnete er den Koffer und erstarrte.

KAPITEL 1

Der schwarze Rolls-Royce mit den goldenen Beschlägen stand glänzend in der Nachmittagssonne vor dem Eingang zum Flugterminal für Privatflüge des LAX, des Los Angeles International Airport. Morton zog die Jacke seiner Chauffeurlivree zurecht. Er wartete neben dem Rolls-Royce auf seinen neuen Fahrgast, den er für die nächsten Tage chauffieren würde. Mortons Blick glitt über den Wagen. Nach all den Jahren erfüllte es ihn immer noch mit Stolz, diesen wunderschönen Oldtimer fahren zu dürfen. Mit seinem weißen Handschuh fuhr er sanft über die Motorhaube und wischte dabei ein Staubkorn fort.

Als sich die Glastüren des Flughafens öffneten, wandte Morton seine Aufmerksamkeit dem breitschultrigen Mann zu, der zielstrebig auf ihn zusteuerte. Das musste sein Fahrgast Mr Wise sein. Mit federndem Gang kam Mr Wise auf Morton zu. Der Mann war nur etwas kleiner als Morton, der mit seinen 1,90 m die meisten Leute überragte. Trotz des warmen Wetters trug Mr Wise einen teuren hellgrauen

Anzug. Morton hatte ihn sich älter vorgestellt, da er der Inhaber eines weltweit operierenden Technologieunternehmens war. Von Mikrochip-Produktion bis Überwachungstechnik hatte die Firma *G. J. WiseTec* überall ihre Finger im Spiel. Ursprünglich hatte die Firma mal mit der Produktion von Glücksspielautomaten begonnen. Doch diese Anfänge lagen weit zurück. Morton hatte einen Bericht über die Firma im *Business Journal* gelesen.

»Mr Wise, Sir?« Morton straffte sich und öffnete formvollendet die hintere Autotür.

»Das ist richtig, mein Bester. Ich bin Gideon James Wise und Sie müssen Morton sein.«

Der Chauffeur nickte und Mr Wise streckte ihm die Hand entgegen. An seinem Ringfinger blitzte ein goldener Siegelring im Sonnenlicht auf. »Ich freue mich sehr, Morton. Mr Gelbert von der Autovermietung hat mir zugesichert, dass ich dieses Mal einen waschechten Briten als Fahrer haben werde. Ihr Kollege, dieser Perkins, hat mich bei meinem letzten Aufenthalt in Rocky Beach gefahren. Er hat meinen Ansprüchen an einen Fahrer in keiner Weise genügt.«

Morton zog lediglich eine Augenbraue hoch und verkniff sich eine Bemerkung. Ein guter Chauffeur wusste immer, wann es angemessen war zu schweigen. Stattdessen deutete er auf den Aktenkoffer, den Mr Wise trug und fragte: »Haben Sie kein weiteres Gepäck dabei, Sir?«

Mr Wise schüttelte den Kopf. »Mein Gepäck habe ich vorausgeschickt. Es müsste schon im Hotel sein.«

»Wünschen Sie, dass ich den Aktenkoffer im Kofferraum verstaue?«, fragte Morton.

»Nein, das ist nicht nötig. Ich trenne mich nie von ihm.«
Mr Wise schenkte dem Chauffeur ein strahlendes Lächeln
und stieg in den Rolls-Royce. Morton schloss die Wagentür,
umrundete das Auto und nahm auf dem Fahrersitz Platz.

»Wohin darf ich Sie bringen, Sir?« Morton hatte zwar von
Mr Gelbert die Information erhalten, dass sein Fahrgast
während seines Aufenthalts einem Clubtreffen von hoch-
rangigen Geschäftsleuten beiwohnen wollte, die genaue
Adresse des Treffens war ihm allerdings noch nicht genannt
worden.

»Zuerst fahren wir zum Wilshire Boulevard 2895.«

Bei der Nennung der Adresse zuckte Morton kurz zusammen. Er sah in den Rückspiegel und suchte den Blick von
Mr Wise. Doch dieser gab keine weitere Erklärung von sich.
Vielleicht war es nur ein Zufall, dass ihm sein Fahrgast diese Adresse genannt hatte, dachte sich Morton und startete
den Wagen. Es stand ihm nicht zu, Mr Wise danach zu
fragen, was er ausgerechnet dort wollte. Schweigend fuhr
Morton los. Die Straßen waren um die Zeit voll und vor
jeder roten Ampel stauten sich die Autos. Die Strecke, die
man normalerweise in 34 Minuten schaffte, zog sich in die
Länge. Morton steuerte den Rolls-Royce souverän durch
den Feierabendverkehr. Mr Wise blickte eine Zeit lang aus
dem Fenster und wandte sich dann plötzlich Morton zu.
»Sagen Sie, kennen Sie sich mit dem Polosport aus?«

Diese Frage überraschte Morton. »In der Tat, Sir. Ich
spiele selbst Polo.«

»Hervorragend. Ich plane, mir ein neues Polopferd zu
kaufen, und wollte hier in Kalifornien ein Pferdegestüt be-

suchen. Vielleicht könnten Sie mich begleiten? Ich lege immer Wert auf eine zweite Meinung.«

»Sehr wohl, Sir. Ich stehe Ihnen diesbezüglich gerne zur Verfügung«, antwortete Morton.

»Dann wäre dieser Punkt also abgemacht. Ich wusste doch, dass mir ein echter englischer Gentleman von Vorteil sein wird.« Mr Wise rieb sich freudig die Hände. »Ich selbst habe erst vor Kurzem meine Liebe zum Polosport entdeckt. Golf lag mir bisher mehr. Spielen Sie auch Golf, Morton?«

Morton nickte langsam. »Aber ich habe sehr lange nicht mehr gespielt, Sir.«

»Das ist fabelhaft. Der Gentlemen Club wird zu Ehren meines Geburtstags ein kleines Turnier geben. Ich möchte Sie bitten, mein Caddy zu sein. Das dürfen Sie mir nicht abschlagen.«

»Sie haben Geburtstag, Sir?«, hakte Morton nach.

»Übermorgen werde ich sechzig«, sagte Mr Wise.

Morton machte große Augen. »Erlauben Sie mir die Bemerkung, dass Sie in keiner Weise wie sechzig aussehen, Sir.«

Mr Wise fuhr sich mit der Hand durch sein volles braunes Haar, das nur wenige graue Strähnen hatte. »Danke. Das höre ich oft. Wollen Sie mein Rezept wissen?« Mr Wise wartete die Antwort nicht ab, sondern fuhr fort: »Gesunde Ernährung, ausreichend Schlaf und jeden Tag ein Glas schottischen Whisky. Das entspannt und mindert den Stress. Stress ist der schlimmste Killer für das Aussehen.« Mr Wise zwinkerte ihm zu.

»Wir sind da, Sir.« Morton parkte den Rolls-Royce direkt

vor einem großen Mietsblock auf dem Wilshire Boulevard. Das Haus war ihm nur allzu bekannt, denn im obersten Stockwerk wohnte er selbst.

Morton stieg aus und öffnete seinem Fahrgast die Autotür, doch Mr Wise blieb sitzen. »Ich denke, ich werde im Wagen warten, während Sie Ihre Sachen holen.«

»Meine Sachen, Sir?« Nun war Morton wirklich irritiert. Das passierte ihm selten. Er hatte schon so manches Erlebnis mit seinen Fahrgästen gehabt, aber dass ihn ein Kunde zu seiner eigenen Wohnadresse schickte und dann verlangte, er solle seine Sachen holen, ohne eine weitere Erklärung von sich zu geben, war ihm noch nie passiert.

Mr Wise nickte bestätigend. »Ich denke, Sie werden in den nächsten Tagen ein paar frische Sachen benötigen und vielleicht eine Zahnbürste.«

»Ich verstehe nicht, Sir –«, begann Morton, aber Mr Wise unterbrach ihn: »Hat Ihnen Mr Gelbert nicht gesagt, dass ich Sie für die nächsten fünf Tage gebucht habe?« Es klang nicht wie eine Frage.

»Ja, ich stehe Ihnen auf Abruf zur Verfügung. Sie melden sich, wenn Sie mich benötigen, dann komme ich und fahre Sie, wohin Sie es wünschen.«

Mr Wise machte eine wegwerfende Handbewegung. »Nein, das reicht mir nicht. Ich möchte, dass Sie mir rund um die Uhr zur Verfügung stehen und ich nicht erst warten muss, bis Sie von Los Angeles nach Rocky Beach gefahren sind. Mr Gelbert hat zugestimmt, dass ich Sie, sofern ich mit Ihnen zufrieden bin, in Vollzeit buchen kann. Das Treffen des Gentlemen Clubs ist für mich nicht nur ein geschäftlicher

Aufenthalt, sondern auch mit privaten Terminen verbunden. Die können spontan sein und dann möchte ich Sie vor Ort wissen. Ich war so frei, bereits ein Zimmer für Sie zu reservieren. Nachdem ich mich vergewissern konnte, dass Sie ein kultivierter Gentleman sind und umsichtig fahren, nehme ich Gelberts Angebot an.«

»Leider hat Mr Gelbert versäumt, mich über dieses Arrangement zu informieren«, sagte Morton betont freundlich. Auch wenn er mit Leib und Seele Chauffeur war, so schätzte er es gar nicht, wenn sein Chef ungefragt über seine freie Zeit verfügte. Aber vielleicht hatte Mr Gelbert bei so einem einflussreichen Kunden auch keine Wahl gehabt. Mr Wise war es anscheinend gewöhnt, dass niemand seine Wünsche infrage stellte, sondern sie ihm widerspruchslos erfüllt wurden.

Gideon Wise zuckte nur mit den Schultern. »Das sollte doch kein Problem sein, oder? Ich werde Ihnen Ihre freie Zeit großzügig vergüten und Sie können alle Annehmlichkeiten im Hotel nutzen. Natürlich komme ich für alle anfallenden Kosten einschließlich des Zimmers und der Verpflegung auf. Wie klingt das für Sie?«

Morton überlegte einen Moment. Er empfand das Verhalten von Mr Wise als durchaus übergriffig und für gewöhnlich ließ er sich nicht von Geld ködern, aber grundsätzlich waren ein paar Tage, in denen er nicht kochen musste und sich mal etwas verwöhnen lassen konnte, ein gutes Angebot. Außer seinem Schachclub hatte er diese Woche auch keine abendlichen Verpflichtungen und es wäre vermutlich unhöflich gewesen abzulehnen.

»Also gut«, lenkte Morton ein. »Es wird aber einen kleinen Moment dauern, bis ich meine Tasche gepackt habe.«

Nun lächelte Mr Wise. »Wunderbar. Ich wusste, ich kann Ihnen ein Angebot machen, das Sie nicht ablehnen können.«

Morton stieg die Treppen zu seiner Wohnung hinauf. Das Treppenhaus in diesem Mietsblock war heruntergekommen. Die Farbe blätterte vom Geländer. Als er auf der obersten Etage angekommen war, hörte er das Baby seiner Nachbarin schreien. Irgendwo kochte jemand und der Geruch von verbranntem Fett erfüllte den Hausflur. Als er seine Wohnungstür aufschloss, empfing ihn die wohltuende Stille seines Apartments. Der Autolärm auf den quirligen Straßen war hier oben nur entfernt zu hören. Das hier war seine Insel der Ruhe. Er durchquerte das im englischen Landhausstil eingerichtete Wohnzimmer und warf einen sehnsüchtigen Blick zu seinem Schachbrett. Heute Abend würde er also nicht spielen. Morton nahm eine kleine Reisetasche aus einem Schrank und ging ins Schlafzimmer, um zu packen.

Zehn Minuten später war Morton wieder unten am Wagen. Er verstaute seine Tasche im Kofferraum und stieg wieder in den Wagen.

»Nun fahren Sie uns bitte zur *Ranch zum Roten Löwen*«, sagte Mr Wise.

»Sehr wohl, Sir.«

Während der Fahrt Richtung Rocky Beach ging Morton seinen Gedanken nach. Natürlich war es als Chauffeur unerlässlich, diskret und unauffällig zu sein, doch er war neugierig, was es wohl mit dem Gentlemen Club auf sich hatte, dem Mr Wise beiwohnte. Da Mr Wise in den kommenden Tagen so frei über Mortons Zeit verfügte, erlaubte sich Morton schließlich, ihn nach dem Club zu fragen.

»Sir, wenn Sie mir die Frage gestatten, worum genau handelt es sich bei dem Gentlemen Club?«

»Natürlich, Morton. Der Gentlemen Club ist ein sehr exklusiver Zusammenschluss von Geschäftsleuten. Wir treffen uns einmal im Jahr für ein paar Tage hier in Rocky Beach, um Geschäftliches zu besprechen und gesellschaftlichen Umgang zu pflegen. Manchmal finden Golf- oder Poloturniere statt. Es wird festlich diniert und am Ende des Treffens steht eine feierliche Galaveranstaltung. Dieses Jahr findet eine Kunstauktion statt.«

»Das klingt sehr interessant, Sir.«

»Das ist es auch, Morton. Aber vor allem dient es dazu, die Geschäftsbeziehungen zu pflegen und Kontakte zu knüpfen. Beziehungen sind in der Geschäftswelt das A und O.«

»Das kann ich mir vorstellen, Sir.«

Auf der weiteren Fahrt nach Rocky Beach schwieg Mr Wise. Er hatte seinen Terminplaner hervorgeholt und machte Einträge mit einem goldenen Füllfederhalter. Morton warf hin und wieder einen kurzen Blick in den Rückspiegel, konzentrierte sich aber ansonsten auf die Straße. Sein Fahrgast hatte ebenfalls keinen Blick für die Landschaft, als sie Los Angeles verließen und ein gutes Stück an der Küste entlangfuhren. Auch wenn die Sonne erst in gut zwei Stunden unterging, so stand sie bereits recht tief und tauchte alles in goldenes Licht.

Morton lenkte den Rolls-Royce durch die Innenstadt von Rocky Beach zu den nördlichen Vororten am Fuße der Berge. Es war beileibe nicht das erste Mal, dass er einen Fahrgast zur *Ranch* brachte. Nun würde er allerdings zum ersten Mal selbst Gast in diesem Hotel sein.

Die *Ranch zum Roten Löwen* war schon von der Straße aus zu sehen. Es handelte sich um ein dreigeschossiges Haupthaus mit einigen kleineren Nebengebäuden. Das Hotelgelände war von einer Oleanderhecke und Hibiskus-Büschen umgeben. Eine breite Auffahrt führte zum großen Eingang. Morton parkte den Rolls-Royce direkt davor.

Der Hoteldirektor, Mr Ember, sprintete vom Eingang herbei und öffnete Mr Wise persönlich die Autotür. Mr Ember war klein und mager, ein Umstand, der besonders auffiel, als er Mr Wise die Hand schüttelte. »Herzlich willkommen in der *Ranch zum Roten Löwen*. Wir freuen uns, Sie wieder einmal begrüßen zu dürfen.«

Die Fahrertür wurde von einem jungen Mann in einem weißen Hemd mit roter Fliege schwungvoll aufgerissen. Auf seiner Brusttasche prangte das Hotellogo. »Sie können dem Hotelboy den Wagen überlassen«, rief Mr Wise Morton zu.

Dem Chauffeur war es gar nicht recht, den Rolls-Royce in fremde Hände zu geben, und er zögerte einen Moment, auszusteigen. Der junge Mann, der für den Fuhrpark verantwortlich war, strahlte ihn selbstbewusst an. »Ich werde gut auf Ihr Schätzchen achten. Sie können sich auf mich verlassen.«

Langsam stieg Morton aus und überließ dem Hotelmitarbeiter seinen Platz. Dieser fuhr beinahe zärtlich mit der

Hand über das Lenkrad. Morton überreichte ihm den Wagenschlüssel und beobachtete, wie der junge Mann startete. »Ich hinterlege den Schlüssel am Empfang«, rief er noch durch das offene Fenster und lenkte dann den Rolls-Royce in Richtung des Parkplatzes. Für einen Moment blickte Morton ihm hinterher, bevor er sich bewusst wurde, dass er nun allein vor dem Eingang stand. Der Direktor hatte Mr Wise bereits ins Hotel geführt. Morton beeilte sich, ihnen zu folgen.

Er betrat die kühle Lobby. Ein riesiger Ventilator drehte sich gemächlich an der Decke. Der Boden bestand aus blank geputzten Marmorfliesen. Schwere Ledersessel an Loungetischen luden zum Verweilen ein. Vor den Fenstern waren goldene Pflanzkübel mit Palmen drapiert. Am Ende der großzügigen Halle standen Mr Wise, Mr Ember und ein blonder Mann bei den Aufzügen. Morton wandte sich Mr Wise zu, der genau in diesem Moment zusammen mit dem Direktor den Aufzug betrat. Die Türen schlossen sich und nur der dritte Herr blieb zurück. Er drehte sich um, fixierte Morton und kam geradewegs auf den Chauffeur zu.

»Sie sind der Fahrer, richtig?«, stellte der Mann fest.

»Das ist korrekt, Sir«, antwortete Morton.

Der Mann nickte kurz, ohne ihm seine Hand zur Begrüßung zu reichen. »Mein Name ist Otis Travellion. Ich bin der Anwalt von Mr Wise und Geschäftsführer von *WiseTec*. Ich werde Ihnen in den nächsten Tagen alle notwendigen Instruktionen geben. Wenn Sie also Fragen haben, wenden Sie sich an mich, niemals direkt an Mr Wise.« Die Stimme des Anwalts klang kühl, fast herablassend.

»Sehr wohl, Sir.« Mortons Ton war wie immer gewählt höflich, während er sein Gegenüber beobachtete. In seinem Job hatte er gelernt, die Menschen bereits bei der ersten Begegnung einzuschätzen. Es war ungemein wichtig, um mit den verschiedensten Kunden richtig umzugehen. Er hatte im Laufe der Jahre ein gutes Auge für Details entwickelt. Sie sagten oft mehr über den Charakter eines Menschen aus, als man vermuten würde. Mr Travellion war sehr schlank, beinahe drahtig und fast einen Kopf kleiner als Morton. Er mochte höchstens 1,70 m messen. Er hatte eine schmale Nase und sehr helle Haut, die zeigte, dass er die Sonne mied. Vermutlich war er ein Arbeitstier. Sein blondes Haar war akkurat kurz geschnitten und seine Augen hatten einen stechenden Blick. Er erinnerte Morton an einen bissigen Terrier. Man konnte sich durchaus vorstellen, wie Mr Travellion bei Geschäftsverhandlungen die gegnerische Partei zerfleischte. Er war vermutlich mit allen Wassern gewaschen und kannte jede rechtliche Lücke.

Sein schwarzer Anzug und die blank geputzten Schuhe waren von exquisiter Qualität. Er trug trotz der Temperaturen eine Krawatte mit einer passenden Nadel, die mit einem Diamanten verziert war. Morton ging davon aus, dass es sich um einen echten Stein handelte, denn Mr Travellion machte nicht den Eindruck, als würde er sich mit Imitaten zufriedengeben. Seine Hände waren maniküt und das Handgelenk zierte eine sündhaft teure Uhr.

Die luxuriösen Accessoires sprachen dafür, wie sehr Mr Travellion Reichtum schätzte.

Mr Wise trug ebenfalls teure Kleidung, aber mit einer

eleganten Lässigkeit. Auch wenn er es anscheinend gewohnt war, nach Belieben über seine Angestellten zu verfügen, so mangelte es ihm Morton gegenüber dennoch nicht an einem gewissen Maß an Respekt. All diese Gedanken schossen Morton durch den Kopf, während Mr Travellion mit ihm sprach. Seine feine Beobachtungsgabe hatte sogar der Erste Detektiv der drei ???, Justus Jonas, schon einmal lobend erwähnt. Das erfüllte Morton mit besonderem Stolz.

»Verzeihen Sie die Frage, aber ich dachte, Mr Wise wäre der Geschäftsführer der Firma?«

Mr Travellion wirkte angespannt. »Er ist Inhaber und erster Geschäftsführer. Ich bin seine rechte Hand und Stellvertreter, bis sein Neffe irgendwann die Führung des Unternehmens übernimmt. Doch bis dahin wird es sicherlich noch eine Weile dauern. Aber die Details brauchen Sie nicht zu interessieren.«

»Natürlich, Sir, entschuldigen Sie meine Frage.«

Mr Travellion war also kein Teilhaber der Firma, sondern lediglich ein Angestellter. Aber er wäre es gerne, dachte Morton sich.

»Sie können jetzt erst einmal einchecken und sich frisch machen. In einer Stunde treffen wir uns hier in der Lobby. Mr Wise wünscht, vor dem ersten Treffen des Gentlemen Clubs zu einem Gestüt zu fahren.«

»Sehr wohl, Sir.« Während Morton noch antwortete, wandte sich Mr Travellion bereits um und steuerte ebenfalls auf den Fahrstuhl zu. Höflichkeit gehörte definitiv nicht zu seinen Kernkompetenzen.

Als Mr Travellion im Aufzug verschwand, stand Morton

für einen Moment allein in der Lobby. Dann drehte er sich um und ging zur Rezeption. Sein Blick fiel auf einen Aufsteller, der für einen esoterischen Vortrag warb. »Rituale zur Austreibung böser Geister«. Morton schüttelte leicht den Kopf. »Was die Menschen nicht alles glauben«, sagte er leise zu sich.

»Sind Sie wegen des Vortrags gekommen? Mr Osiris ist ein charismatischer Redner.« Eine junge Hotelangestellte war aus einem Raum hinter dem Empfangstresen getreten und betrachtete Morton von der Seite. »Ich kann Ihnen die Teilnahme wirklich empfehlen.«

»Vielen Dank, aber ich möchte eigentlich nur einchecken. Mr Wise hat ein Zimmer für mich reserviert.«

»Ah, ich verstehe, Sie sind der nachgemeldete Gast.«

Die Hotelmitarbeiterin tippte geschäftig auf der Computertastatur herum und druckte zwei Bögen Papier aus. »Sie müssten hier bitte Ihren vollen Namen und einige Angaben eintragen, Sir.«

Morton nickte und nahm einen Kugelschreiber entgegen, den ihm die Mitarbeiterin hinhielt. Sie hatte kräftige Hände und eine sportliche Figur. An ihrer schwarzen Kostümjacke war ein Namensschild befestigt. Lucy Lancaster, las Morton. Ein klangvoller Name, dachte er. Miss Lancaster lächelte. »Und ich dachte tatsächlich, Sie wären wegen des esoterischen Kongresses hier. Sie sehen eigentlich nicht wie der typische Teilnehmer eines Esoterik-Kongresses aus. Verzeihen Sie.«

Auch Morton musste sich bei dem Gedanken, solch eine Veranstaltung zu besuchen, ein Schmunzeln verkneifen.

»Tja«, gab Miss Lancaster leichthin zu, »ich war wohl nicht aufmerksam genug, sonst hätte ich gleich erkannt, dass Sie zu dem Gentlemen-Treffen gehören.« Ihr Lächeln wirkte herzlich.

Morton nickte geistesabwesend. Er dachte an Mr Travellion. Hatte er ihn richtig eingeschätzt? War er tatsächlich so herablassend oder war der Anwalt wegen des Gentlemen-Treffens einfach nur angespannt? Welche Geschäfte die Mitglieder dieses Clubs wohl tätigten?

»Sie haben Zimmer Nummer 29 im zweiten Stockwerk«, informierte ihn die Hotelangestellte. »Das Zimmer befindet sich gleich am Anfang des Flures neben den Aufzügen. Das Zimmer wurde mit Halbpension für Sie gebucht. Das Frühstücksbuffet finden Sie im Speisesaal und das Dinner à la carte wird im roten Salon gereicht. Die Essenszeiten können Sie hier der Broschüre und den Aushängen am Speisesaal entnehmen. Wenn Sie etwas benötigen, wählen Sie auf dem Zimmertelefon die Null. Dann landen Sie hier an der Rezeption.«

»Danke.« Morton nahm den altmodischen Zimmerschlüssel an sich. »Hat Ihr Kollege Ihnen bereits den Schlüssel meines Wagens übergeben? Meine Reisetasche ist noch im Kofferraum.«

»Oh, das ist kein Problem, Sir. Wir lassen Ihr Gepäck holen und auf Ihr Zimmer bringen. Ich wünsche Ihnen einen angenehmen Aufenthalt.«

»Den werde ich haben«, versicherte Morton. Wie hätte er zu diesem Zeitpunkt auch ahnen können, was ihn hier im Hotel erwartete.

KAPITEL 2

Das Zimmer war recht großzügig geschnitten. Helles Sonnenlicht durchflutete den Raum. Morton trat an das Fenster und sah auf die Auffahrt hinunter. Er ließ seinen Blick in die Ferne über den Randbezirk von Rocky Beach bis zum blauen Pazifik hin schweifen. Nachdem der Hotelangestellte ihm seine Reisetasche auf das Zimmer gebracht und die Autoschlüssel übergeben hatte, beschloss Morton mit einem Blick auf die Uhr, dass er vor der anstehenden Fahrt noch Zeit für eine Tasse Tee haben würde. Er wusch sich die Hände und überprüfte noch einmal den korrekten Sitz seiner Kleidung, bevor er sich hinunter in die Lobby begab.

Zwei große Glastüren führten von der Lobby in die angrenzende Hotelbar. Die Bar wurde an der Stirnseite von einer langen Theke aus poliertem dunklem Holz dominiert. Davor standen mehrere Barhocker mit roten Samtbezügen. Es gab auch eine kleine Bühne, auf der ein schwarzer Flügel stand. Im restlichen Raum waren gemütliche Sitzecken um kleine Tische arrangiert. An den Wänden hingen goldgerahmte

Bilder von Empfängen und Partys. Viele der Fotos waren in Schwarz-Weiß und zeigten Hollywoodstars vergangener Tage. Gläserne Flügeltüren führten auf eine Sonnenterrasse. Dort konnte man unter großen Schirmen Platz nehmen und zwischen üppig blühenden Kübelpflanzen Cocktails genießen. Mehrere ältere Damen saßen dort und waren anscheinend in eine angeregte Unterhaltung vertieft. Sie waren bestimmt wegen des Esoterik-Kongresses im Hotel. Morton hätte sich ebenfalls gerne auf die Terrasse gesetzt, beschloss aber, sich einen Platz zu suchen, von dem aus er die Lobby im Blick hatte.

Kaum hatte Morton Platz genommen, erschien auch schon ein Kellner neben seinem Tisch. »Was darf ich Ihnen bringen?«

»Ich hätte gerne eine Tasse Earl Grey.«

»Sehr gerne. Wünschen Sie auch noch etwas Gebäck dazu?«

»Nein, danke.«

»Kein Interesse an Keksen?«, vergewisserte sich der Kellner.

Morton schüttelte bestätigend den Kopf.

Kurz darauf brachte der Kellner den Tee und erkundigte sich nochmals, ob Morton nicht doch etwas zu speisen wünschte. »Wir haben auch ausgezeichnete Sandwiches.«

»Danke, sehr freundlich, aber der Tee reicht völlig.«

Der Kellner entfernte sich und Morton sah ihm nach. Er wollte gerade nach der Tasse greifen, als sich eine schwere Hand auf seine Schulter legte. »Da sind Sie ja, Morton«, sagte Mr Wise. »Ich habe schon versucht, Sie über das Haustelefon zu erreichen.«

Morton war für einen Moment verlegen. Er hatte sich vom Kellner ablenken lassen und die Lobby nicht mehr im Blick gehabt. »Entschuldigen Sie, Sir. Wir können sofort los.«

Eilig wollte Morton sich erheben, aber Gideon Wise machte eine abwehrende Handbewegung. »Trinken Sie ruhig in Ruhe Ihren Tee. Ich habe mit meinem alten Freund Grey telefoniert und wir haben unser Treffen auf morgen verschoben. Um sich Pferde anzuschauen, ist es heute doch schon etwas spät. Und so ein Geschäft sollte man wohlüberlegt tätigen.«

»Benötigen Sie meine Dienste dann heute nicht mehr?«, fragte Morton.

»Nein, ich denke nicht. Die Zeit bis zum Clubtreffen werde ich anderweitig nutzen.« Mr Wise zeigte auf einen der Aufsteller, die auf den Esoterik-Kongress hinwiesen. »Ich nutze die Chance und lasse mir die Karten legen.«

Morton glaubte, sich verhört zu haben. »Eine Kartenlegung, Sir?«

»Genau, Tarotkarten. Kennen Sie bestimmt. Es geht immer um Liebe, Tod und viel Geld.« Mr Wise lachte. »Eigentlich glaube ich als Geschäftsmann nicht an solchen Hokuspokus, aber es macht mir manchmal Freude, mir die Zukunft vorhersagen zu lassen. Wenn das Honorar stimmt, werden einem die besten Vorhersagen gemacht. In New York hat mir mal eine Handleserin einen richtig großen Deal vorhergesagt. Ursprünglich sah es gar nicht so gut aus, als wir in die Verhandlungen gingen, aber die Vorhersage hat mich in so positive Stimmung versetzt, dass wir die Konkurrenz überbieten konnten.« Gideon Wise rieb sich die Hände. Der Mann wirkte aufgeregt wie ein kleiner Junge auf dem Jahrmarkt.

»Dann wünsche ich Ihnen einen erfreulichen Blick in die Zukunft, Sir.«

Nachdem Mr Wise die Bar verlassen hatte, nahm Morton seinen letzten Schluck Tee. Danach machte er sich auf den Weg in die zweite Etage, um seine Reisetasche auszupacken. Da die Fahrstühle gerade unterwegs waren, beschloss Morton die Treppe zu nehmen. Das Treppenhaus hatte keine Fenster, sondern wurde nur durch altmodische Deckenlampen erleuchtet.

Auf der Plattform zur ersten Etage war anscheinend die Lampe defekt, denn der Bereich war in Dämmerlicht gehüllt. Morton verlangsamte sein Tempo. Neben der Tür zum Flur der ersten Etage gab es eine Nische, die komplett in Dunkelheit lag. Ein fluoreszierendes Schild wies darauf hin, dass dort ein Feuerlöscher hängen sollte. Ein großer rechteckiger Pflanzkübel auf Rollen stand vor der Nische. Nicht gerade der optimale Platz für Pflanzen, selbst wenn die Deckenbeleuchtung funktioniert, dachte sich Morton. Außerdem war es sicherlich nicht sinnvoll, den Zugang zum Feuerlöscher zu versperren. Morton schüttelte leicht den Kopf, als er ein leises Stöhnen vernahm. »Ist da jemand?« Er lauschte einen Moment. Da erklang es erneut. Es kam eindeutig aus der dunklen Nische. Morton griff nach dem Pflanzgefäß und schob es zur Seite. Auf dem Boden dahinter saß zusammengesunken ein Mann. Morton beugte sich hinunter. »Geht es Ihnen nicht gut?«

»Hilfe … bitte!« Die Stimme des Mannes war nur ein schwaches Flüstern, aber sie kam Morton bekannt vor.

»Was ist passiert, Sir?«

»Ich … ich weiß nicht. Der Koffer … und dann … dann konnte ich … nicht mehr richtig sehen«, stammelte der Mann.

»Können Sie gehen? Wir müssen Sie erst einmal hier herausbekommen. Dann können wir Hilfe holen.« Morton überlegte, ob der Mann in der kalifornischen Hitze vielleicht zu viel Alkohol getrunken hatte und auf dem Weg zu seinem Zimmer gestürzt war. Aber warum lag er dann hinter dem Pflanzkübel?

»Mir ist so … schwindelig.«

»Kommen Sie, Sir, ich helfe Ihnen hoch.«

Morton zog den Mann unter Mühen auf die Beine. Doch er sackte fast augenblicklich wieder in sich zusammen. Vielleicht handelte es sich auch um einen medizinischen Notfall? Ein Herzinfarkt oder ein Schlaganfall? Er überlegte einen kurzen Moment, wie er einen Notarzt rufen sollte. Den Mann allein zu lassen, um zum Empfang zu laufen, war keine Option. Was, wenn sich sein Zustand verschlimmerte?

»Wo ist Ihr Zimmer?«, fragte er. Er wollte den Fremden zu seinem Bett bringen und mit dem Haustelefon den Rettungsdienst rufen.

Der Mann antwortete nicht.

Morton hievte den Fremden über die Schulter und schleppte ihn aus dem dunklen Treppenhaus auf den

Hotelflur. Hier legte er ihn vorsichtig nieder. Morton sog hörbar die Luft ein. Im hellen Lichtschein erkannte er den Mann sofort. »Inspektor!«, rief er aus.

Cottas Augenlieder flatterten. Er versuchte mühsam, die Augen zu öffnen. Sein Blick heftete sich auf den Chauffeur. »Alles ist … so verschwommen.«

»Ich bin es, Morton.«

Die Pupillen des Inspektors waren nur stecknadelkopfgroß. Schweiß stand ihm auf der Stirn. Morton war früher Mitglied bei den Pfadfindern gewesen und kannte sich deshalb nicht nur mit Erster Hilfe, sondern auch mit den Symptomen bei Vergiftungen aus. Schließlich lernte man als Pfadfinder auch einige giftige Pflanzen und Pilze kennen. Soweit ihn seine laienhaften Kenntnisse nicht trogen, hatte der Inspektor eine Vergiftung erlitten.

»Morton«, flüsterte Cotta. »Den schwarzen Aktenkoffer … Sie müssen ihn finden. Der Stern …Versprechen Sie es mir!«

»Bleiben Sie ruhig, Inspektor. Ich gebe Ihnen mein Ehrenwort.«

In diesem Moment steuerte mit gemächlichen Schritten Mr Travellion auf die beiden zu. Er blieb vor ihnen stehen und zog eine Augenbraue hoch. »Was ist denn hier passiert? Geht es dem Herrn nicht gut?«

»Wir brauchen einen Rettungswagen! Schnell! Rufen Sie Hilfe!«, forderte Morton den Anwalt auf.

Mr Travellion zog sein Mobiltelefon aus der Anzugtasche und wählte die Notrufnummer. »Ja, hier ist Otis Travellion, wir benötigen einen Notarzt zur *Ranch zum Roten Löwen.*

Ein Mann ist zusammengebrochen … Nein, der Name ist mir nicht bekannt. Vermutlich ein Gast des Hotels.«

»Sagen Sie Ihnen, dass es vermutlich eine Vergiftung ist«, rief Morton dazwischen.

»Hören Sie, es ist eventuell eine Vergiftung. Womit? Das weiß ich doch nicht. Ja … okay. Bis gleich.« Mr Travellion legte auf und sah Morton an. »Der Rettungswagen ist unterwegs. Sie sind in ein paar Minuten hier.«

»Danke, vielleicht können Sie noch in der Lobby Bescheid geben, dass man die Rettungssanitäter hier heraufschickt?«

Mr Travellion blickte auf sein Handy und steckte es wieder ein. »Ich gehe direkt hinunter und informiere den Empfang. Ich wollte sowieso nach unten.«

Der Anwalt sah Morton ernst an und schob dann noch nach, so als ob ihm erst in diesem Moment bewusst geworden war, dass er Morton mit dem unbekannten Hotelgast allein ließ: »Sie kommen doch klar, oder?«

Morton nickte. »Wir können nichts tun, als auf den Krankenwagen zu warten. Bitte beeilen Sie sich, Sir, und informieren Sie die Hotelmitarbeiter. Vielleicht kann jemand zur Unterstützung raufkommen.«

Morton wollte es nicht aussprechen, aber falls der Inspektor reanimiert werden müsste, konnte er jemanden gebrauchen, der sich ebenfalls mit Erster Hilfe auskannte. Mr Travellion machte nicht den Anschein, als ob er sich hinknien und die Hose schmutzig machen würde, selbst wenn es um Leben und Tod ging. Vielleicht hatte er aber auch nur Berührungsängste, wie viele Menschen in solchen Situationen.

Der Anwalt nickte kurz und machte sich eilig auf Weg. Morton wandte sich erneut Cotta zu, der die ganze Zeit keinen Ton von sich gegeben hatte. Seine Augen waren wieder geschlossen und seine Nase lief.

»Hören Sie mich, Inspektor? Hilfe ist unterwegs. Sie müssen nur durchhalten.«

Cottas Hand griff nach Mortons Ärmel. »Sagen Sie niemandem … wer ich bin.«

»Warum nicht, Inspektor?«

»Gefahr«, hauchte er kaum hörbar. Dann sackte sein Kopf zur Seite weg.

»Oh nein! Inspektor! Bleiben Sie bei mir.« Morton gab Cotta einige leichte Ohrfeigen. »Hören Sie, Sie müssen wach bleiben.«

Doch der Inspektor blieb bewusstlos. Morton prüfte seinen Puls, die Atmung und legte Cotta in die stabile Seitenlage. Die Minuten zogen sich scheinbar endlos, während der Chauffeur um das Leben des Inspektors bangte.

Endlich öffneten sich die Fahrstuhltüren am Ende des Ganges. Zwei Rettungssanitäter kamen mit einer Krankentrage auf Rädern aus dem Aufzug gestürzt, gefolgt von einem Notarzt und Mr Travellion. »Dort hinten ist er.« Der Anwalt fuchtelte hektisch mit den Armen, als er in eiligen Schritten auf Morton und den Inspektor zulief. Er wirkte nicht mehr so gelassen wie eben noch. Sein zuvor so akkurates Hemd hing aus der dunklen Anzughose. »Ich habe in der Lobby auf den Rettungswagen gewartet und sie gleich hochgebracht«, berichtete er fast stolz.

Morton stand auf und ließ die Sanitäter ihre Arbeit machen.

Sie begannen, die Vitalparameter zu checken und ein mobiles EKG anzulegen. Der Notarzt legte einen Zugang und hängte eine Infusion an. Dann wandte er sich an Morton. »Können Sie mir ein paar Fragen beantworten?«

»Natürlich«, antwortete Morton.

Der Notarzt, der sich als Dr. Miller vorgestellt hatte, erkundigte sich, wie Morton den Patienten aufgefunden hatte. Morton berichtete kurz, was sich ereignet hatte.

Dr. Miller notierte sich einige Stichworte. »Hat der Patient noch irgendwelche Angaben machen können?«

»Er sagte, ihm sei schwindelig und er könne schlecht sehen. Seine Pupillen waren stark verengt und er schwitzte. Viel konnte er nicht sagen, bevor er das Bewusstsein verlor«, berichtete Morton wahrheitsgemäß.

Die Rettungssanitäter hatten den Inspektor zwischenzeitlich auf die Trage gehoben und gesichert.

»Eine letzte Frage habe ich noch. Kennen Sie den Herrn? Wissen Sie, ob er Vorerkrankungen hat oder Medikamente einnehmen muss?«

Morton schüttelte den Kopf.

»Hat er Ihnen denn gesagt, wie er heißt? Sein Name würde uns sehr helfen, falls wir Angehörige verständigen müssen.«

Morton öffnete den Mund. Er zögerte eine Sekunde. Der Inspektor hatte ihn schließlich gebeten, niemanden zu verraten, wer er war. Aber war es unter diesen Umständen nicht geboten, dieser Bitte nicht zu entsprechen?

Noch bevor Morton antworten konnte, öffneten sich erneut die Aufzugtüren und der Hoteldirektor kam mit einem seiner Angestellten angelaufen.

Mr Ember riss die Augen auf. »Das ist doch Mr Barnaby. Er hat eines der günstigen Einzelzimmer gebucht. Ich sage es immer! Die billigsten Gäste machen den meisten Ärger. Sage ich es nicht?«

»Sicher, Herr Direktor«, pflichtete ihm sein Mitarbeiter bei. Es war der Empfangschef, wie Morton mit einem Blick auf das Namensschild feststellte.

»Ich hoffe, es ist nichts Ernstes?«, fragte Mr Ember.

»Das wird sich zeigen«, antwortete Dr. Miller knapp.

»Dann bringen Sie Mr Barnaby bitte schnellstmöglich ins Krankenhaus. Es schadet dem Ruf der *Ranch*, wenn ein Gast in unserem Haus stirbt.«

Morton starrte Mr Ember entgeistert an und rang innerlich um Fassung. Am liebsten hätte er den kleinen Mann geschüttelt.

»Können Sie mir seine Daten aushändigen?«, fragte Dr. Miller, ohne auf die Aussage des Hoteldirektors einzugehen.

Der Hoteldirektor wägte für einen Moment ab, ob er Schwierigkeiten bekommen würde, wenn er persönliche Daten an den Arzt herausgeben würde, entschied sich aber in diesem Notfall dafür. »Miss Lancaster vom Empfang wird Ihnen eine Kopie des Anmeldeformulars geben.«

»Danke«, sagte Dr. Miller und folgte den Rettungssanitätern, die bereits mit der Krankentrage vor dem Aufzug standen. Als sich die Fahrstuhltüren öffneten, schlüpfte auch

Morton mit hinein, während Mr Ember und der Empfangschef auf den anderen Aufzug warteten. Mr Travellion hatte sich indes auf den Weg zu seiner Suite gemacht.

»Sie werden die Daten vom Empfang nicht benötigen«, wandte sich Morton im Fahrstuhl an den Arzt. »Ich sehe es als meine Pflicht an, Sie darüber zu informieren, dass es sich bei dem Patienten nicht um Mr Barnaby handelt, sondern um Inspektor Cotta von der Polizei in Rocky Beach. Er bat mich, seine Identität nicht preiszugeben, aber in Anbetracht der Situation …«

Der Arzt nickte wissend. »Ich nehme an, der Inspektor hat hier nicht unter falschen Namen Urlaub gemacht, sondern in einen Fall ermittelt?«

Morton zuckte leicht mit den Schultern. »Sicher bin ich mir nicht. Er konnte mir nicht viel sagen, aber ich vermute es und bitte Sie, gegenüber dem Hotelpersonal und den Gästen nichts davon zu erwähnen. Vielleicht gefährdet es die polizeilichen Ermittlungen. Ich werde mit Ihrem Einverständnis die Kollegen des Inspektors informieren. Darf ich mich nach dem Befinden des Inspektors erkundigen?«

»Danke für Ihre Hilfe. Natürlich können Sie sich gerne erkundigen. Wir fahren ihn ins Memorial Hospital.«

Die Rettungssanitäter liefen mit der Krankentrage durch die Hotellobby auf den Krankenwagen zu, der direkt vor dem Eingang parkte. Dr. Miller wollte ihnen folgen, als auch Mr Ember und sein Empfangschef die Halle betraten. Der Hoteldirektor rief dem Arzt zu: »Sie wollten doch die Daten des Gastes mitnehmen.«

Der Notarzt sah sich um, als die Sanitäter riefen: »Der Patient krampft!«

»Keine Zeit! Faxen Sie die Daten an das Memorial Hospital, Station 2.« Der Arzt sprintete zum Rettungswagen und nur wenige Sekunden später fuhr der Krankenwagen mit Blaulicht davon. Morton sah dem Rettungswagen nach, während Mr Ember auf seinen Empfangschef einredete. Miss Lancaster stand an der Rezeption und sah verwirrt von einem zum anderen. »Was ist passiert?«, fragte sie den Hoteldirektor.

Doch bevor Mr Ember antworten konnte, flog eine Tür neben dem Empfang auf und eine Dame mit lavendelgetöntem Haar stürmte in die Empfangshalle. Sie trug ein langes Gewand aus purpurrotem Samt mit Silberborten besetzt. Ihr Gesicht war von Entsetzen gezeichnet und ihre Hände waren blutverschmiert. »Er ist tot!«, schrie sie. »Er ist tot!«

KAPITEL 3

Für einen Moment schien die Zeit stillzustehen. Alle erstarrten und sahen die Frau an. »Mord!«, schrie sie. »Er ist ermordet worden!«

Mr Ember war leichenblass geworden. »Das kann doch nicht wahr sein.«

»Kommen Sie und sehen Sie selbst!«, forderte die Dame den Hoteldirektor auf.

»Rufen Sie die Polizei«, sagte Morton zu Miss Lancaster, bevor er den anderen in den Raum neben dem Empfang folgte. Es war sicherlich gut, wenn es einen weiteren Zeugen gab, den die Polizei befragen konnte.

Der Raum war nicht besonders groß. In der Mitte stand ein runder Tisch mit zwei Stühlen. Auf dem Tisch standen eine Kristallkugel und ein dreiarmiger Kerzenleuchter. Die Kerzen erhellten den Raum nur spärlich. Ihre zuckenden Flammen warfen dunkle Schatten an die Wände, die mit purpurfarbenen Stofftüchern verkleidet waren. Auf dem Boden lagen verstreute Tarotkarten.

»So habe ich ihn hier aufgefunden«, erklärte die Dame und zeigte auf den Mann, der auf einem der beiden Stühle saß. Sein Oberkörper lag regungslos auf dem Tisch und in seinem Rücken steckte ein Messer. Das Gesicht des Toten zeigte einen überraschten Ausdruck. Morton erkannte den Mann sofort. Auch Mr Ember sog scharf die Luft ein. »Oh nein! Mr Wise! Das darf doch nicht wahr sein. Er kann doch nicht tot sein.«

Mr Ember trat auf den Toten zu und wollte ihn an der Schulter rütteln. Doch Morton reagierte geistesgegenwärtig und packte den Arm des Hoteldirektors. »Nicht anfassen. Hier ist ein Gewaltverbrechen geschehen und Sie könnten Spuren verwischen. Wir müssen auf die Polizei warten.«

»Ich habe ihn leider schon angefasst. Ich dachte, dass er vielleicht noch lebt.« Die Frau in dem Samtkleid hob zur Bestätigung noch einmal ihre Hände. »Ich wollte ihm helfen.«

Sie kam Morton irgendwie bekannt vor. Hatte er die Dame schon einmal gefahren? Er hatte über die Jahre so viele Gäste gefahren, doch an eine solch auffällige Erscheinung hätte er sich bestimmt erinnert.

»Ein Mord? In unserem Hotel? Das ist eine Katastrophe!« Mr Ember war fassungslos.

»Wir können jedenfalls davon ausgehen, dass er sich das Messer nicht selbst in den Rücken gestoßen hat«, erklärte die Dame. »Dabei hatte ich nicht einmal die Chance, für ihn in die Zukunft zu sehen. Nun ja, es wäre wohl auch eine recht kurze Zukunft gewesen, nicht wahr?«

Der Hoteldirektor wurde rot im Gesicht. »Sie sollten

Mr Wise nur die Karten legen und ihn nicht umbringen, Miss Osborne.«

»Wie ich bereits sagte, war er schon tot, als ich den Raum betrat«, verteidigte sich Miss Osborne.

Nun fiel es Morton wieder ein. Es handelte sich um Patricia Osborne. Die drei ??? und er hatten Miss Osborne vor einiger Zeit im Rahmen eines Falls zu einem Haus im Torrente Canyon verfolgt. Sie war die Tante von Allie Jamison. Miss Osborne hatte einen ausgeprägten Hang zum Übersinnlichen und anscheinend die Neigung, sich dadurch in Schwierigkeiten zu bringen.

»Oh, ich hätte es besser wissen müssen. Wie konnte ich nur den Esoterik-Kongress hier stattfinden lassen, wenn gleichzeitig so wichtige Gäste wie Mr Wise zugegen sind«, lamentierte Mr Ember.

»Die *Freunde der Esoterik* können doch wohl nichts dafür, wenn in Ihrem Hotel ein Mörder sein Unwesen treibt«, rief Miss Osborne empört.

»Meine Herrschaften, ich schlage vor, wir beruhigen uns alle und begeben uns zurück in die Hotelhalle, bis die Polizei eintrifft. Wenn Sie bitte diesen Raum verschließen würden, Sir«, wandte sich Morton an den Direktor. »Ich nehme an, Sie haben einen Schlüssel?«

»Natürlich.«

Morton schob Miss Osborne und den Hoteldirektor umsichtig aus dem Zimmer.

In der Hotellobby standen Miss Lancaster und der Empfangschef gemeinsam hinter dem Tresen und begrüßten mit aufgesetztem Lächeln eine Gruppe von Geschäftsleuten, die gerade einchecken wollten.

»Wichtige Persönlichkeiten aus Europa«, flüsterte der Direktor. »Alles Mitglieder des Gentlemen Clubs.«

»Dann wollen wir mal hoffen, dass nicht einer dieser ehrenwerten Herren der Mörder ist«, zischte Patricia Osborne leise zurück.

Der Hoteldirektor ignorierte die Spitze und drehte sich zum Empfangstresen um.

»Wir sind in meinem Büro, wenn uns jemand sucht«, informierte Mr Ember den Empfangschef. Dieser nickte wissend.

»Folgen Sie mir.« Der Hoteldirektor durchquerte die Halle zu einer unauffälligen Tapetentür in der Nähe der Aufzüge. Sehr geschickt gemacht, wenn man nicht ständig von Gästen gestört werden wollte, dachte sich Morton. Er überlegte sich, welcher Inspektor diesen Fall wohl übernehmen würde. Inspektor Cotta lag schließlich im Krankenhaus. Morton hoffte, dass man ihm dort helfen konnte. Er machte sich große Sorgen um Cotta.

Mr Ember führte sie beide in ein Büro. Es war edel und vor allem modern eingerichtet. Ganz im Gegensatz zum verstaubten Charme des Hotelmobiliars beherrschten Chrom und Glasflächen den Raum. Der Boden und die Wände waren schneeweiß gehalten. Nirgendwo gab es auch nur einen Farbtupfer. Sogar das einzige Bild an der Wand war schwarz-weiß. Morton sah sich das ungewöhnliche Gemälde näher an. Es stellte eine Frau in einem Zebrakostüm dar.

Mr Ember bemerkte Mortons Interesse und erklärte nicht ohne Stolz: »Ich habe das Bild erst vor Kurzem erworben. Es handelt sich um tetramodernen naiven Realismus. Eine ganz neue Kunstrichtung.«

»In der Tat, Sir?« Morton konnte sich einen leicht spöttischen Unterton nicht verkneifen.

Mr Ember zog die Augenbrauen zusammen. »Ja, aber der Laie weiß wahre Kunst eben nicht zu schätzen.«

»Wie Sie meinen«, entgegnete Morton betont höflich. Er hatte die Erfahrung gemacht, dass man unfreundlichen Menschen mit Höflichkeit am besten den Wind aus den Segeln nahm.

Vor einem riesigen Schreibtisch standen zwei unbequem aussehende Sessel. Obwohl Mr Ember ihnen keinen Platz angeboten hatte, setzte Miss Osborne sich. Der Hoteldirektor steuerte eine gläserne Vitrine hinter seinem Schreibtisch an und holte eine Flasche Whisky hervor. Er goss sich ein großzügiges Glas ein und nahm einen großen Schluck.

Neben dem Schreibtisch entdeckte Morton einen Aktenkoffer. Er dachte an das Versprechen, dass er Inspektor Cotta gegeben hatte. Dieser Aktenkoffer war allerdings aus braunem Leder. Morton schuttelte leicht den Kopf. Die Suche nach dem Koffer würde in Anbetracht der aktuellen Ereignisse noch etwas warten müssen.

Patricia Osborne betrachtete ihre Hände mit den angetrockneten Blutflecken. »Müssen wir wirklich hier rumsitzen? Ich würde gerne auf mein Zimmer und mich frisch machen, bis die Polizei kommt. Meine Freundin Sunshine wird sich schon wundern, wo ich abgeblieben bin. Wir haben nachher noch eine Seelenreise zu unserem Krafttier geplant.«

Der Hoteldirektor schüttelte energisch den Kopf. »Ihr Krafttier wird warten müssen, Miss Osborne. Ich lasse Sie doch vor dem Eintreffen der Polizei nicht aus den Augen. Womöglich beseitigen Sie Spuren oder flüchten sogar.«

»Wollen Sie damit etwa andeuten, ich hätte etwas mit dem Tod von Mr Wise zu tun?« Miss Osborne hob die Augenbrauen und schien ehrlich entsetzt.

»Nun …«, erklärte Mr Ember ernst, »Sie waren mit Mr Wise ganz allein in dem Raum und sein Blut klebt an Ihren Händen.«

»Aber das heißt doch nicht, dass ich ihn erstochen habe. Er war bereits tot, als ich den Raum betrat. Das habe ich doch schon gesagt.«

»Das können Sie alles der Polizei erzählen«, schnappte Mr Ember.

»Was kann die Dame der Polizei erzählen?«, kam eine strenge Stimme von der Tür her.

Weder Morton noch Mr Ember hatte ein Klopfen vernommen, dennoch hatte sich die Tapetentür geöffnet. Der Empfangschef stand mit zwei Männern im Durchgang. Einer trug eine Uniform und der andere war in Zivil.

»Inspektor Kershaw, wie schön, Sie zu sehen.« Mr Ember lächelte strahlend. Den uniformierten Officer beachtete er nicht weiter.

»Sie wissen doch, wir sind immer zur Stelle. Dieses Mal geht es wohl nicht um einen einfachen Hoteldiebstahl?«, bemerkte Inspektor Kershaw treffend.

»Leider nicht. Wir haben einen Todesfall unter unseren Gästen zu beklagen.«

»Einen Mordfall«, ergänzte Patricia Osborne

»Und sie ist die einzige Verdächtige!« Mr Ember zeigte mit dem Finger auf Miss Osborne. Für ihn stand ihre Täterschaft schon sicher fest.

»Hören Sie doch endlich auf damit!«, ereiferte sich Patricia Osborne.

»Wir haben keinen Grund, die Aussage von Miss Osborne zu diesem Zeitpunkt der Ermittlungen in Zweifel zu ziehen«, mischte sich Morton ein.

Miss Osborne blickte Morton dankbar an. »Oh, Sie klingen ganz genau wie der Junge. Der Freund meiner Nichte ... wie hieß er noch gleich ...«

»Ruhe!«, knurrte Inspektor Kershaw. »Nun mal langsam. Alles der Reihe nach. Wer hat den Toten gefunden?« Er zog ein Notizbuch aus seiner Jackentasche.

»Das war ich«, meldete sich Miss Osborne erneut zu Wort. »Ich sollte ihm die Karten legen und dazu haben wir uns im purpurnen Wahrsageraum getroffen. Purpur bietet Schutz, wissen Sie.«

»Das hat ja ganz hervorragend geklappt«, bemerkte der Inspektor bissig. »Und weiter?«

»Als ich in den Raum kam, war er bereits tot. Ich dachte zunächst, er sei nur verletzt und lebt vielleicht noch, also habe ich ihn an der Schulter geschüttelt. Dabei muss wohl das Blut an meine Hände gelangt sein. Aber er wachte nicht mehr auf. Ein Messer steckte in seinem Rücken. Na ja, und als mir klar wurde, dass Mr Wise nicht mehr lebt, bin ich in die Hotellobby gelaufen, um Hilfe zu holen. Dort traf ich dann auf Mr Ember und, ähm …«

»Morton«, stellte sich der Chauffeur vor.

»Sie waren also in der Hotelhalle? War sonst noch jemand anwesend?«, fragte der Inspektor.

»Miss Lancaster und mein Empfangschef«, antwortete Mr Ember.

»Und Sie alle haben Miss Osborne aus dem besagten Raum kommen sehen?«

»Ja«, bestätigte der Hoteldirektor.

»Haben Sie auch gesehen, wie Miss Osborne hineingegangen ist?«, hakte Inspektor Kershaw nach.

»Nein, wir hatten die Halle gerade erst betreten«, antwortete Morton.

»Einer unserer Hotelgäste hatte gesundheitliche Probleme. Wir sind im ersten Stock gewesen«, sagte Mr Ember.

Nette Umschreibung, dachte sich Morton bitter. Der Hoteldirektor setzte wirklich alles daran, dass kein schlechtes Licht auf die *Ranch* fiel.

»Also könnte Miss Osborne länger in dem Raum gewesen sein, als sie gerade gesagt hat«, schlussfolgerte Inspektor Kershaw. Er wandte sich Patricia Osborne zu. »Oder hat Sie vielleicht jemand anderes hineingehen sehen?«

»Nein, als ich zur Legung ging, habe ich niemanden gesehen. Aber vielleicht war die nette Dame vom Empfang da? Ich habe nicht darauf geachtet. Ich war in Gedanken.«

»Bei einem Mord?«, fragte Mr Ember.

Patricia Osborne warf dem Direktor einen giftigen Blick zu.

Morton merkte Mr Ember an, dass er die ganze Angelegenheit zu einem schnellen Ende bringen wollte. Ihm wäre es sicherlich sehr recht gewesen, wenn der Inspektor Miss Osborne festgenommen hätte. Damit wäre der Fall unkompliziert gelöst gewesen, ohne dass seine wichtigen Gäste davon erfuhren oder sein Hotelpersonal beschuldigt wurde.

»Also gut.« Inspektor Kershaw steckte sein Notizbuch ein. »Ich werde die Hotelmitarbeiter dazu befragen. Aber zuerst gehen wir zusammen zum Tatort. Meine Kollegen haben bereits mit der Spurensicherung begonnen. Ich möchte, dass Sie mir den Ablauf noch einmal ganz genau vor Ort schildern, damit ich mir ein besseres Bild machen kann.«

»Benötigen Sie mich auch?«, fragte Mr Ember. »Ich hätte noch einiges zu tun.«

»Nein, aktuell nicht. Ich melde mich, wenn ich Fragen habe.«

»Warum darf er hierbleiben?«, entfuhr es Miss Osborne.

»Weil Sie im Moment meine Hauptverdächtige sind«, erklärte Inspektor Kershaw.

»Ich begleite Sie«, versuchte Morton, die aufgeregte Dame zu beruhigen, und Miss Osborne lächelte ihn dankbar an.

KAPITEL 4

Sie gingen zurück zu dem kleinen Raum neben dem Empfang. Der Inspektor bedeutete ihnen, im Türrahmen stehen zu bleiben. Seine Männer untersuchten in Schutzanzügen und mit Schuhüberziehern den kleinen Raum. Der Inspektor zog sich ebenfalls Überzieher und Handschuhe an und betrat das Zimmer. Das Deckenlicht war eingeschaltet und erhellte die Szenerie unnatürlich. Mr Wise' Oberkörper lag immer noch zusammengesunken auf dem runden Tisch. Ein Mitarbeiter der Spurensicherung machte Fotos vom Leichnam. Morton erkannte, dass hinter den purpurnen Stoffbahnen, mit denen der Raum verkleidet war, einige Aktenschränke verborgen waren. Vermutlich diente das provisorische Wahrsagezimmer außerhalb des Kongresses einfach nur als Abstellraum.

»Also, Sie betraten den Raum durch diese Tür. Ist das richtig?«

»Ja, es gibt nur diese eine Tür«, antwortete Patricia Osborne.

»Und dann?«

»Ich sah Mr Wise mit dem Oberkörper auf dem Tisch liegen und ging zu ihm hin.«

»Etwa so?« Inspektor Kershaw trat an den Tisch heran.

»Als ich das Messer in seinem Rücken bemerkte, habe ich mich so erschreckt, dass mir meine Tarotkarten aus der Hand gefallen sind.«

»Sie haben die Karten mitgebracht? Sie lagen nicht etwa auf dem Tisch bereit?«, fragte der Inspektor.

»Nein, ich gebe meine Tarotkarten nie aus der Hand. Wegen der spirituellen Aufladung, müssen Sie wissen.«

»Haben Sie die Karten verloren, als Sie an den Tisch herantraten oder nachdem Sie den Toten angefasst haben?«

»Aber das habe ich doch schon gesagt. Sie bringen mich ganz durcheinander, Inspektor. Erst sind mir die Karten aus der Hand gefallen und danach habe ich Mr Wise an der Schulter geschüttelt.«

Inspektor Kershaws Augen funkelten listig. »Tatsächlich? Und warum steckt dann das Messer nicht nur im Rücken des Opfers, sondern auch in einer Karte?«

Patricia Osborne stieß einen erschreckten Laut aus und hielt sich die Hand vor dem Mund.

Auch Morton sah jetzt erst, dass das Messer eine Karte durchbohrt hatte. In dem spärlichen Kerzenlicht zuvor war es ihm gar nicht aufgefallen.

»Aber das kann doch nicht sein«, entfuhr es Miss Osborne.

»Wenn Sie die Täterin sind, schon. Sie näherten sich dem ahnungslosen Mann von hinten und stachen zu. Dabei haben Sie diese eine Karte bewusst auf dem Opfer platziert und mit dem Messer durchbohrt.«

»Das ist doch völliger Unsinn. Ich hatte überhaupt keinen Grund, den Mann zu töten. Ich kannte ihn doch erst seit heute. Und warum sollte ich eine meiner Karten dafür opfern?« Patricia Osborne wischte sich mit einer fahrigen Geste eine Haarsträhne aus dem Gesicht.

Der Inspektor zuckte die Schultern. »Was weiß ich, vielleicht hat ihm Ihre Prognose nicht gefallen und Sie sind darüber mit ihm in Streit geraten.«

»Ich habe Ihnen schon mehrfach gesagt, dass ich Mr Wise die Karten noch gar nicht gelegt hatte. Bevor ich das tun konnte, war er bereits tot«, verteidigte sich Patricia Osborne zunehmend gereizt.

Morton hätte gerne etwas zugunsten von Miss Osborne gesagt, aber er hatte leider nicht genügend Informationen und so blieb ihm nichts weiter übrig, als die Situation genau zu beobachten und seine Schlüsse daraus zu ziehen.

»Ich wiederhole mich nur ungern, aber ich weiß nicht, wie die Karte dort gelandet sein könnte. Ich bin unschuldig«, beteuerte Miss Osborne.

»Ja, das sagen sie alle«, knurrte Inspektor Kershaw. Einer seiner Mitarbeiter begann, alle Beweisstücke in Klarsichttüten zu stecken. Der Inspektor ließ sich das Tütchen mit der Tarotkarte geben. Er warf einen Blick darauf und hielt sie dann Miss Osborne entgegen. »Ist das eine Karte aus Ihrem Deck?«

»Es sieht zumindest so aus«, gab Patricia Osborne zu. Sie starrte auf die Tarotkarte, auf der neben den Blutflecken ein martialisches Bild zu sehen war: eine liegende Person, in deren Rücken zehn Schwerter steckten.

»Das ist die Zehn der Schwerter«, erklärte Miss Osborne mit zittriger Stimme. »Sie steht für das abrupte Ende einer Situation. Es kann auch mit Schmerzen verbunden sein.«

»Wie passend. Notieren Sie, die Karte wurde von der Zeugin als eigene erkannt«, wies Inspektor Kershaw seinen Officer an.

»Aber mein Tarotdeck ist doch kein Einzelstück. Diese Karte könnte aus einem anderen Deck stammen«, verteidigte sich Patricia Osborne.

»Nun, dann dürften sich Ihre Fingerabdrücke ja nicht auf dieser Karte befinden. Das werden wir natürlich untersuchen und dazu Ihre Abdrücke nehmen.«

»Sie könnten als Erstes Mrs Osbornes Kartendeck auf seine Vollständigkeit hin überprüfen«, schlug Morton vor. »Wenn Miss Osborne die Wahrheit sagt, müsste diese Karte in ihrem Deck noch einmal zu finden sein.«

»Erzählen Sie mir nicht, wie ich meine Arbeit zu machen habe«, schnauzte der Inspektor Morton an und bedeutete seinem Mitarbeiter mit einem Blick, die Karten durchzugucken.

»Die Zehn der Schwerter ist nicht dabei«, sagte der Officer.

»Na also. Wir untersuchen die Karte auf Ihre Fingerabdrücke und dann werden Sie uns einiges zu erklären haben, Miss Osborne.«

Patricia Osborne wirkte zunehmend verzweifelt. »Aber ich habe doch gar kein Motiv, Mr Wise zu töten.«

»Das Motiv finden wir schon noch heraus.« Inspektor Kershaw bedeutete Miss Osborne und Morton, von der Tür wegzutreten. »Kommen Sie, die weitere Befragung können wir in der Hotellobby durchführen. Lassen wir die Kollegen von der Spurensicherung in Ruhe ihre Arbeit tun.«

Sie steuerten eine Sitzgruppe in der Hotelhalle an. Patricia Osborne nahm Platz. Morton überlegte ebenfalls, sich zu setzen, aber da der Inspektor stehen blieb, tat er es ihm gleich. Kershaw starrte sein Notizbuch an, als würde er dort die Antwort auf alle seine Fragen finden.

»Vielleicht hat der andere Herr eher ein Motiv?«, sagte Miss Osborne plötzlich.

»Welcher andere Herr?«, entfuhr es dem Inspektor.

»Na, der, mit dem sich Mr Wise in seiner Suite gestritten hat«, erklärte Patricia Osborne.

Inspektor Kershaw rieb sich genervt die Nasenwurzel. »Warum haben Sie davon nicht vorher etwas gesagt?«

»Na, Sie haben mich ja nicht gefragt«, antwortete Miss Osborne.

»Dann frage ich Sie jetzt.«

»Also, Miss Lancaster teilte mir mit, dass einer der Gäste eine spirituelle Beratung wünsche. Sie müssen wissen, wir *Freunde der Esoterik* haben den Kongress organisiert und haben mit Mr Ember spezielle Buchungskonditionen ausgehandelt. Wir bekommen die Räumlichkeiten für unseren Kongress zum halben Preis, wenn wir den Gästen des Hotels Kartenlegen, Handlesen oder allgemeine spirituelle Beratungen anbieten. Wir hatten dafür extra den Raum, in dem nun der arme Mr Wise liegt, als Wahrsagezimmer ausgestattet. Miss Lancaster nannte mir also den Namen des Gastes und seine Zimmernummer. Ich ging zu ihm, um die genauen Rahmenbedingungen abzusprechen.«

»Kommen Sie zur Sache, Miss Osborne. Sie sprachen von einem Streitgespräch?«

»Ja, ich ging zur Suite von Mr Wise. Schon von draußen hörte ich laute Stimmen. Zwei Männer stritten sich. Als ich klopfte, verstummte der Streit, und als ich eintrat, schoss ein junger Mann an mir vorbei auf den Flur. Mr Wise entschuldigte sich für das unhöfliche Verhalten seines Neffen. Wir besprachen dann die Uhrzeit unserer Sitzung und dass er eine Kartenlegung wünschte. Er wollte wissen, wie sich seine Geschäfte entwickeln würden.«

»Okay, wer wusste noch von der Uhrzeit der Legung?«, fragte der Inspektor.

Morton musste sich eingestehen, auch wenn Justus Jonas ihm einmal berichtet hatte, dass Inspektor Kershaw ungehobelt, selbstgefällig und nur auf seine eigene Karriere bedacht war, stellte der Mann doch eindeutig die richtigen Fragen. Er konnte also nicht komplett unfähig sein. Das hoffte Morton zumindest.

Miss Osborne überlegte kurz. »Das Hotelpersonal wusste es, weil wir den Raum für die Zeit frei halten mussten, und je nachdem, wem Mr Wise davon erzählt hatte, noch weitere Personen. Ach ja, und natürlich sein Anwalt, der bei der Besprechung dabei war.«

Inspektor Kershaw hatte wieder sein Notizbuch gezückt. »Wie lautet der Name des Anwalts?«

»Ich bin Otis Travellion und dies hier ist Mr Lance Wise. Wir kommen gerade aus dem Büro des Direktors«, sagte eine kühle Stimme hinter ihnen.

Sie drehten sich um. Hinter ihnen standen der Anwalt

von Mr Wise und ein Mann, den Morton bisher noch nicht gesehen hatte. Mr Travellion hatte sich anscheinend wieder gefasst und strahlte dieselbe Arroganz aus wie zuvor. Auch schien ihn der Tod seines Arbeitgebers nicht weiter zu berühren. Ein seltsamer Mensch, dachte sich Morton.

»Ich habe erfahren, dass mein Onkel das Opfer eines feigen Attentats geworden ist. Kann ich ihn sehen?«, fragte Lance Wise.

»Später«, winkte Inspektor Kershaw ab. »Ich habe einige Fragen an Sie.«

»Zuerst will ich wissen, ob Sie schon jemanden verhaftet haben?« Lance Wise' Stimme klang rau.

Inspektor Kershaw schüttelte den Kopf. »Aktuell sind Sie mein Hauptverdächtiger. Denn Sie haben sich laut Zeugenaussagen kurz vor seinem Tod mit Ihrem Onkel gestritten. Worum ging es da genau?«

»Um Fragen bezüglich der Geschäftsleitung von *WiseTec*. Ich führe mehrere Spielcasinos in Reno und in Las Vegas. Mein Onkel wollte sie verkaufen, ohne meine Meinung in Betracht zu ziehen«, antwortete Lance Wise. »Ich war zunächst nicht begeistert, aber als ich mir seine Pläne für das Unternehmen noch einmal durchgelesen hatte, konnte ich mich mit der Idee anfreunden.«

»Ich verstehe«, brummelte Inspektor Kershaw. »Erben Sie die Firmen und das Vermögen Ihres Onkels?«

»Mr Wise ist der Haupterbe der Wise-Millionen und erhält im Falle des Ablebens von Mr Gideon Wise alle Firmenanteile«, erläuterte Otis Travellion fachmännisch.

»Sieh an!« Der Inspektor sah so zufrieden aus wie eine

Katze, die an der Sahne geschleckt hatte. »Da hätten wir ja ein ganz wundervolles Mordmotiv!«

»Ich habe meinen Onkel nicht umgebracht. Und wenn ich es gewollt hätte, dann sicherlich nicht so offensichtlich«, fuhr Lance Wise den Inspektor an.

»Sie geben also zu, dass Sie Ihren Onkel gerne umgebracht hätten?«

»Nein!«, rief Lance Wise. »Außerdem war ich die ganze Zeit auf meinem Zimmer. Mein Bodyguard wird es Ihnen bestätigen.«

Inspektor Kershaw lächelte vielsagend. »Das denke ich mir. Der Mann ist Ihr Angestellter und wird Sie mit Freuden entlasten. Mr Wise, ich nehme Sie vorläufig fest wegen Verdacht auf Mord an Mr Gideon James Wise.«

»Otis, rufen Sie den Gouverneur und den Polizeichef von Rocky Beach an. Sie werden eine ganze Menge Ärger bekommen!«, drohte Lance Wise.

»Das werde ich umgehend erledigen.« Mr Travellion zückte sein Mobiltelefon.

Inspektor Kershaw war zunehmend genervt. »Lassen Sie das! Wir nehmen Mr Wise nur vorläufig fest. Er wird zu weiteren Befragungen auf das Revier gebracht.«

Otis Travellion ließ das Mobiltelefon sinken. »Aber Inspektor, Sie wollen doch nicht den Falschen verhaften? Mr Wise ist jederzeit bereit, Ihre Fragen zu beantworten. Und zwar hier im Hotel. Er hat einen festen Wohnsitz und es besteht keine Fluchtgefahr. Wenn Sie also nichts weiter als eine Vermutung haben ohne weitere Beweise für seine mögliche Tat, empfehle ich Ihnen auch im Hinblick auf Ihre eigene Karriere, keine Fehler zu machen. Rein rechtlich gesehen haben Sie nichts gegen Mr Wise in der Hand.«

Inspektor Kershaw wurde blass. Zunächst hatte es so ausgesehen, als wäre der Fall sonnenklar. Miss Osborne hätte theoretisch die Möglichkeit gehabt, Mr Wise zu töten, aber es fehlte das Motiv, und Mr Lance Wise hatte zwar ein Motiv, aber es gab einen Zeugen, der bestätigen konnte, dass Lance Wise zum Tatzeitpunkt in seiner Suite war.

Der Inspektor knirschte mit den Zähnen. »Sie bleiben alle hier zu meiner Verfügung. Niemand reist ab, bis nicht jeder, der mit dem Toten in Kontakt stand, befragt wurde und ich mein Einverständnis zur Abreise gegeben habe! Der Officer wird die Zeugenaussagen aufnehmen und Fingerabdrücke von allen Verdächtigen machen.«

Mr Travellion und Lance Wise gingen zurück auf ihre Zimmer. Auch Miss Osborne entfernte sich, um sich endlich das Blut von den Händen zu waschen. In der Lobby befanden sich nur noch die Polizisten, die nach und nach das Beweismaterial herausbrachten. Mittlerweile war auch ein Wagen gekommen, um den Toten abzuholen. Die Kriminalbeamten hatten Mr Wise in einen grauen Leichensack gelegt und auf einer Bahre hinausgefahren.

»Der Leichnam kommt in die Rechtsmedizin«, wies der Inspektor die Männer an.

Morton hatte nur wenig Zeit mit Mr Wise verbracht, aber er hatte den Eindruck, dass er ein Gentleman der alten Schule gewesen war. Er bedauerte den Tod des Geschäftsmannes. Alles, was Morton in den letzten Stunden in der

Ranch zum Roten Löwen erlebt hatte, nährte in ihm das Bedürfnis, der Polizei bei diesem Fall zu helfen. Mr Wise war ein sympathischer Mensch gewesen, und was Inspektor Cotta widerfahren war, bedurfte ebenfalls einer Aufklärung. Vielleicht hingen beide Vorfälle sogar zusammen?

Morton entschied sich dazu, Inspektor Kershaw über Cottas Zustand zu informieren.

»Inspektor Kershaw, darf ich Sie kurz sprechen, Sir?«

Der Inspektor rieb sich genervt über seine Bartstoppeln. »Sie sind doch Zeuge, wie Miss Osborne aus dem Zimmer kam, richtig? Mein Officer wird Ihre Aussage später aufnehmen.«

»Nicht so ganz. Ich kannte Mr Wise auch flüchtig.«

»Und das sagen Sie mir erst jetzt?«

»Sie haben mich ja nicht gefragt«, wiederholte Morton die Aussage von Miss Osborne.

Inspektor Kershaw sah aus, als würde er jeden Moment explodieren.

»Ich bin als Chauffeur für eine Woche von Mr Wise engagiert worden«, sagte Morton. »Wir sind heute angereist.«

»Ist das so?«

»Ja, er war ein sehr angenehmer Fahrgast. Ein wenig einnehmend, aber durchaus sympathisch. Er hat für mich ein Zimmer hier im Hotel gebucht, damit ich ihm für die nächsten Tage zur Verfügung stehen konnte.«

Inspektor Kershaw nickte. »Okay, und haben Sie noch weitere Informationen diesen Fall betreffend?«

»Den Mord betreffend nicht«, gab Morton zu. »Doch bezüglich Ihres Kollegen Inspektor Cotta habe ich noch etwas zu sagen. Ich kenne ihn und wollte –«

»Cotta ist derzeit im Urlaub«, unterbrach Inspektor Kershaw ihn. Er verzog missmutig den Mund.

»Das mag sein, Sir, dennoch möchte ich Sie darauf hinweisen, dass Inspektor Cotta –«

»Hören Sie, Ermittlungsarbeit ist kein Wunschkonzert. Ich bearbeite diesen Fall. Wenn Sie denken, sich können sich Vorteile verschaffen, weil Sie Cotta kennen … Vergessen Sie es! Noch sind Sie nur ein Zeuge, aber das kann sich schnell ändern.« Die Augen des Inspektors funkelten angriffslustig.

»Nein, Sir, Sie verstehen das völlig falsch«, beeilte sich Morton zu versichern.

»Ich verstehe das sehr richtig. Ich bin nicht erst seit gestern Inspektor. Sollten Sie also persönlich in diesen Mordfall verwickelt sein, werde ich es herausfinden und auch Cotta wird Ihnen in dem Fall nicht helfen können.«

Aber darum ging es doch gar nicht, wollte Morton noch sagen, doch der Inspektor ließ Morton einfach stehen.

»Zurück zum Revier«, forderte Inspektor Kershaw seine Leute auf.

So viel Ignoranz machte Morton fassungslos. Er streckte sich bewusst zu voller Größe und hob ein wenig das Kinn. Kerzengrade stand Morton in der Mitte der Lobby. Er sah nun noch ein wenig imposanter aus, als er es sowieso schon war. Diesem aufgeblasenen Inspektor würde er es zeigen, beschloss Morton. Er würde Cottas Auftrag erfüllen und den ominösen Koffer mit dem Stern finden. Vielleicht klärte er nebenbei auch noch den Mord an Mr Wise auf. Immerhin hatte er sich bei seinen Fahrten mit den drei ??? schon einiges abschauen können. Er würde diesen Fall lösen, koste es, was es wolle!

KAPITEL 5

Als Morton später am Abend in seinem Zimmer auf dem Bett saß, wirbelten ihm die Ereignisse des Tages immer noch im Kopf herum. In den letzten Stunden war sehr viel passiert. Inspektor Cotta war anscheinend vergiftet worden und sein Fahrgast wurde ermordet. Inspektor Kershaw hatte angeordnet, dass sich alle zur Verfügung halten mussten und nicht abreisen durften. Mr Wise hatte zwar das Zimmer für Morton gebucht, doch war sich Morton nicht sicher, dass es nach dessen Tod nun auch bezahlt werden würde. Außerdem musste er spätestens morgen Mr Gelbert von der Autovermietung informieren, dass sein Fahrgast nicht mehr am Leben war. Vielleicht würde Mr Gelbert ihn für einen anderen Auftrag einsetzen. Dann könnte Morton hier nicht weiter ermitteln. Nur zu gerne hätte er die drei ??? mit dem Fall betraut, aber die Jungs waren vor ein paar Tagen in die Berge gefahren. Außerdem war ein Mord vielleicht nicht der richtige Fall für seine jungen Freunde. Nein, er musste selbst Licht in die Angelegenheit bringen.

Als es plötzlich an der Zimmertür klopfte, schreckte Morton hoch. Er stand auf und öffnete die Tür. Lance Wise stand ihm gegenüber. Er hatte nur wenig Ähnlichkeit mit seinem Onkel. Die legere Eleganz, die Mr Gideon Wise versprüht hatte, fehlte Lance völlig. Er hatte das Aussehen eines Schwergewichtsboxers. Breite Schultern, einen fast kahl rasierten Schädel und eine schiefe Nase. Vielleicht kam ihm dies im Glücksspielgeschäft zugute. Er wirkte in jedem Fall nicht wie ein seriöser Geschäftsmann.

»Kann ich hereinkommen?«, fragte Lance Wise.

Morton trat von der Tür weg. »Aber bitte, treten Sie ein.«

Mr Wise steuerte direkt auf die Sitzgruppe vor dem Fenster zu. Er nahm Platz und sah Morton an. Der Chauffeur gesellte sich zu ihm. »Was kann ich für Sie tun, Sir?«

»Nun, die Sache ist die. Mein Onkel hat Sie für die gesamte Zeit des Gentlemen-Treffens engagiert, richtig?«

Morton nickte. »Ja, aber ich bin mir bewusst, dass mein Auftrag heute endet. Mit Ihrem Einverständnis würde ich nach diesem turbulenten Tag die Nacht gerne im Hotel verbringen, Sir. Morgen werde ich gleich meinen Chef informieren und abreisen.«

»Aber nein, Morton. Ich möchte Sie bitten, den Vertrag über die gesamte Zeit zu erfüllen und mich anstelle meines Onkels zu fahren. Ich werde natürlich alle Kosten übernehmen und Sie bekommen einen Bonus. Da ich die Geschäfte meines Onkels übernehmen werde, habe ich in den nächsten Tagen einige Verpflichtungen. Ich bin mit dem Flieger aus Reno gekommen und habe keinen Wagen. Um bei den Geschäftspartnern meines Onkels den richtigen Eindruck zu hinterlassen, wäre es sinnvoll, wenn Sie mich fahren.«

»Natürlich, Sir. Das werde ich gerne tun.« Morton war insgeheim hocherfreut über das Angebot von Lance Wise. Dieser Auftrag ermöglichte es ihm, weiterhin in der *Ranch zum Roten Löwen* zu bleiben und in seiner freien Zeit Ermittlungen anzustellen. Vielleicht würde er sogar ein paar Informationen über Lance Wise und die Geschäfte von *WiseTec* erhalten. Womöglich fand sich in Wise' Geschäften das Mordmotiv?

»Sehr gut. Ich benötige Ihre Dienste morgen gegen 10 Uhr. Ihnen eine gute Nacht«, verabschiedete sich Lance Wise.

Während Morton seinen karierten Pyjama aus der Reisetasche holte und auf das Bett legte, klopfte es erneut an seiner Zimmertür. Wer konnte es denn jetzt noch sein?

Morton ging zur Tür, als eine ungeduldige Stimme von draußen erklang.

»Hallo, Mr Morton, schlafen Sie schon? Ich muss mit Ihnen sprechen. Machen Sie bitte auf.«

»Miss Osborne, kann ich Ihnen helfen? Ist etwas passiert?«, fragte Morton während er die Zimmertür öffnete.

»Es ist doch schon genug passiert, oder nicht? Aber helfen können Sie mir tatsächlich. Die nette Dame am Empfang war so freundlich, mir Ihre Zimmernummer zu verraten.« Mit diesen Worten drängte Sie sich ungeniert an Morton vorbei ins Zimmer.

»Oh, Ihr Zimmer ist viel größer als meins und das teile ich mir auch noch mit meiner Freundin Sunshine. Sie ist ebenfalls Teilnehmerin des Esoterik-Kongresses. Heute gab es schon einige Vorträge für das Fachpublikum. Morgen werden dann auch Tagesbesucher aus Rocky Beach erwartet. Es gibt Stände mit Büchern und Infomaterial. Wir haben einen kleinen Verkaufsstand mit Heilkräutern.«

Äußerlich ruhig, wartete Morton ungeduldig darauf zu erfahren, wobei er Miss Osborne helfen sollte. Doch sie strahlte Morton nur an.

»Ja, das ist …«, Morton suchte nach dem richtigen Wort, »… schön. Was kann ich für Sie tun? Soll ich Ihnen beim Aufbau des Stands behilflich sein?«

Patricia Osborne lachte und wirkte dadurch viel jünger. »Aber nein! Auch wenn ich Ihr Angebot zu schätzen weiß. Ich möchte, dass Sie mir helfen, meine Unschuld zu beweisen.«

»Sie sind so lange unschuldig, bis man Ihre Schuld bewiesen hat. Inspektor Kershaw wird sicherlich gründlich ermitteln, und wenn Sie es nicht gewesen sind, haben Sie auch nichts zu befürchten, Miss Osborne.«

»Pah!« Patricia Osborne winkte ab. »Ich glaube nicht, dass dieser Provinzinspektor einem Mord gewachsen ist. Außerdem hat er mich sofort verdächtigt. Das habe ich in seinen Augen gesehen. Da lag etwas Verschlagenes drin. Wenn der Hoteldirektor weiter auf ihn einwirkt, verhaftet er mich am Ende doch noch.«

»Aber wie kommen Sie gerade auf mich?«, fragte Morton.

»Sie haben mich als Einziger verteidigt und Sie machen einen gebildeten Eindruck. Das kann bei Mordermittlungen nicht schaden, Mr …«

»Es reicht völlig, wenn Sie mich Morton nennen, Madam.«

»Wie schön. Eine persönliche Ebene ist mir auch viel lieber.«

»Verzeihen Sie, aber so war das nicht gemeint …«

»Doch, doch!« Miss Osborne nickte mehrmals bekräftigend und griff nach Mortons Hand. »Allerdings passt der Name so gar nicht zu Ihnen.«

Morton entzog ihr seine Hand vorsichtig. »Nicht?«, fragte er erstaunt.

»Aber nein! Der Name stimmt nicht mit Ihrer Aura überein. Es ist sehr wichtig, dass der Name zu Ihrer Aura passt, damit wir Erfolg haben. Und zu meiner natürlich auch.«

»Zu meiner Aura?« Morton musste sich zusammenreißen, eine neutrale Miene zu bewahren, und zählte innerlich bis zehn.

»Außerdem klingt Morton so … so«, Miss Osborne suchte nach Worten, »so wenig britisch. Ich kannte mal einen Norweger mit diesem Namen. Ein grässlicher Mann. Zu seiner Aura hat der Name gepasst. Wenn wir zusammen ermitteln, brauchen Sie einen typischen englischen Namen.«

Morton zog eine Augenbraue hoch. »Ich glaube nicht, dass wir zusammen ermitteln sollten und –«

»Unsinn«, unterbrach sie ihn. »Natürlich brauchen Sie meine Unterstützung. Sie sind schließlich nicht Sherlock Holmes. Ja, nicht einmal dieser Junge von den drei Detektiven, den meine Nichte Allie so vergöttert … wie hieß er noch gleich?«

»Justus Jonas?«, fragte Morton.

Patricia Osborne strahlte. »Genau, das Pummelchen aus dem Fernsehen.«

Morton blickte Miss Osborne etwas konsterniert an. Wie gut, dass der junge Herr das nicht gehört hat. Es hätte ihm bestimmt nicht gefallen, dachte er sich. »Justus Jonas ist vor allem ein hervorragender Detektiv.«

Patricia Osborne nickte wissend. »Ja, er und seine Freunde haben mir seinerzeit auch mit Mr Giggles geholfen. Vielleicht sollte ich meine Nichte anrufen, dass sie die drei Detektive um Hilfe bittet.«

»Ich weiß aus zuverlässigen Quellen, dass die drei ??? aktuell nicht in Rocky Beach weilen«, sagte Morton.

»Das ist ärgerlich, aber vermutlich besser so. Ein Mordfall ist nichts für Teenager. Außerdem würde meine Nichte dann erfahren, dass ich in ein Gewaltverbrechen verwickelt bin. Das würde ihr nur unnötig Sorgen bereiten. Sie ist so ein zartes Seelchen.« Patricia Osborne seufzte.

Soweit sich Morton an Allie erinnerte, war die junge Dame alles andere als ein zartes Seelchen.

»Da es bei den Mordermittlungen auch um mich geht«, fuhr Patricia Osborne fort, »sollte ich Sie bei den Ermittlungen unterstützen. Um unsere Schwingungen aufeinander abzustimmen, sollten auch unsere Namen zusammenpassen. Ich habe eine wundervolle Idee. Wir werden Ihnen einen neuen Namen aussuchen.«

Mortons Miene blieb unbeweglich, während er überlegte, wie er Miss Osborne elegant loswerden konnte. Aber sie plapperte munter weiter: »Mal überlegen. Wie könnte ich Sie nennen, vielleicht Paul oder Henry? Nein, warten Sie, ich habe den perfekten Namen für Sie. Ich werde Sie Edward nennen.« Sie lächelte glücklich.

Morton fühlte sich plötzlich sehr erschöpft.

»Wir sollten uns einen Plan zurechtlegen, wie wir mit unseren Ermittlungen beginnen. Was sollen wir zuerst untersuchen? Fangen wir mit Befragungen an?« Patricia Osborne war voller Elan.

»Lassen Sie uns das morgen besprechen«, gab sich Morton geschlagen. »Es ist schon spät. Und ich arbeite hier als Chauffeur. Das heißt, ich muss früh aufstehen.«

Miss Osborne nickte verständnisvoll. »Sie haben recht, Edward. Schlafen Sie sich aus. Sobald Sie morgen Zeit haben, kommen Sie zu mir, dann beginnen wir mit unseren Ermittlungen. Sie finden mich an unserem Stand auf der Messe oder in meinem Zimmer. Sunshine und ich sind auf der ersten Etage einquartiert in Nummer 17.«

»Natürlich, Miss Osborne.«

Morton begleitete seinen späten Gast zur Tür. Als sie schon einige Schritte auf den Flur gemacht hatte, drehte sich Miss Osborne noch einmal um. »Gute Nacht, und nennen Sie mich Patricia.«

KAPITEL 6

Am nächsten Morgen fühlte sich Morton wie gerädert. Er hatte schlecht geschlafen, obwohl das Bett äußerst bequem war. Die Ereignisse des Vortages kamen ihm wie ein Albtraum vor und Morton ahnte, dass es so schnell nicht besser werden würde. Sollten es ihm seine Aufgaben als Chauffeur heute ermöglichen, wollte er sich in jedem Fall im Memorial Hospital nach dem Gesundheitszustand des Inspektors erkundigen.

Nach einer ausgiebigen Dusche fühlte sich Morton deutlich besser. Er zog seine Arbeitskleidung an und steckte auch die weißen Handschuhe ein. Während er vor dem mannshohen Spiegel stand, erklang aus dem Radio Mortons Lieblingslied. Als waschechter Brite hegte er eine heimliche Liebe für die Band *Queen*. Morton legte großen Wert darauf, sich immer angemessen zu verhalten. Fühlte er sich jedoch unbeobachtet, brach ein Rockmonster aus ihm heraus. Morton tanzte zu dem Song *Bohemian Rhapsody* vor dem Spiegel und spielte Luftgitarre. Als der Song endete, zupfte Morton sich seine Jacke zurecht und strich das zerzauste

Haar glatt. Er nickte seinem Spiegelbild noch einmal zu, bevor er das Zimmer verließ.

Auf dem Weg zum Frühstücksbuffet sah er sich verstohlen um und hoffte insgeheim, Miss Osborne nicht über den Weg zu laufen. Doch seine Sorge war unbegründet. Um diese frühe Uhrzeit war er fast der einzige Gast im Speisesaal. Morton ließ sich einen Tee bringen, butterte sich eine Scheibe Toast und bediente sich am frischen Obst. Er bevorzugte an Tagen, an denen er besonders lange im Wagen sitzen würde, ein leichtes Frühstück.

Beim Essen dachte er darüber nach, wie er es anstellen sollte, unauffällig Erkundigungen einzuholen. Dazu müsste er Miss Osborne aus dem Weg gehen, denn »unauffällig« war nicht das Wort der Wahl für diese Dame. Sie war eine viel zu schillernde Persönlichkeit. Nein, er musste allein vorgehen. Außerdem wollte er ihr nichts von Inspektor Cotta und dem ominösen Koffer erzählen. Doch was wusste er eigentlich über den Koffer? Er würde sich alle Fakten zum Fall notieren, um sein Wissen zu sortieren. Morton beendete sein Frühstück und verließ den Speisesaal. Er steuerte zunächst auf die Rezeption zu. Miss Lancaster stand auch heute wieder hinter dem Empfangstresen. Sie lächelte ihn an. »Haben Sie gut geschlafen, Sir?«

»Den Umständen entsprechend.«

Ein Schatten legte sich über ihr Gesicht. »Sie haben recht. Ich hoffe, dass dieses schreckliche Verbrechen zügig aufgeklärt wird. Die gesamte Belegschaft spricht darüber und Mr Ember wird von allen heimlich nur noch *GS* genannt.«

Morton zog fragend eine Augenbraue hoch. »*GS*?«

»*Giftige Spinne.* Er ist so gereizt wie eine Tarantel, wenn es donnert.«

Morton musste schmunzeln. »Dann gehe ich ihm wohl besser aus dem Weg.«

»Sie müssen sich keine Sorgen machen.« Miss Lancaster machte eine wegwerfende Handbewegung. »Unser Direktor würde niemals einen Gast verprellen.«

»Den Eindruck hatte ich gestern nicht unbedingt, wenn ich mir diese Bemerkung erlauben darf.« Morton dachte daran, was der Hoteldirektor Miss Osborne vorgeworfen hatte.

Lucy Lancaster kicherte. »Sie dürfen, und unter uns …« Sie senkte verschwörerisch die Stimme. »Mr Ember ist nicht wirklich gut auf die Kongressteilnehmer zu sprechen.«

»Weshalb?«

»Die *Freunde der Esoterik* haben schon vor einem halben Jahr die Zimmer gebucht und bei Mr Ember einen besonders günstigen Preis ausgehandelt. Unser Direktor ist immer darauf bedacht, dass wir möglichst ausgebucht sind. Na ja, es kommen halt nicht mehr so viele Schauspieler aus Hollywood hierher, um Urlaub zu machen. Also hat er zugestimmt. Auch weil er gehofft hat, mit dem Kongress Besucher ins Haus zu bringen, die hier etwas trinken oder speisen.«

»Ich verstehe. Aber warum ist er dann sauer?«

»Zu dem Buchungszeitpunkt stand der Termin für das Treffen des Gentlemen Clubs noch nicht fest. Die Herren haben erst kurz danach angefragt. Sie kommen jedes Jahr hierher. Internationale Gäste und Geschäftsleute, die hier sehr viel Geld lassen. Vermutlich kann die *Ranch zum Roten*

Löwen in diesen Zeiten nur noch schwarze Zahlen schreiben, weil das Clubtreffen hier stattfindet. Im letzten Jahr wurden einige Kollegen gekündigt. Wir sind chronisch unterbesetzt, weshalb wir auch im Service einspringen müssen.«

»Der Empfang ist also nicht ständig besetzt?«, bemerkte Morton.

»Wir versuchen schon, immer jemanden hier zu haben, vor allem, wenn neue Gäste erwartet werden. Und wenn wir doch einmal woanders aushelfen müssen, dann gibt es die Klingel hier und wir kommen so schnell wie möglich.« Miss Lancaster deutete auf eine Messingklingel.

»Auf jeden Fall hatte Mr Ember einen Teil der Zimmer an den Verein vergeben und konnte deshalb nicht mehr alle Mitglieder des Clubs im Hotel unterbringen. Wenigstens waren noch alle Suiten frei. Vor allem, weil die Herren deutlich höhere Zimmerpreise bezahlen, war es besonders ärgerlich. Wir mussten einige Clubmitglieder umbuchen. Ein paar sind privat in Villen untergekommen, andere haben wir ins *Hotel Excelsior* gebucht. Dennoch ist Mr Ember unzufrieden. Es entgeht ihm eine schöne Stange Geld. Unser Direktor hat versucht, sich mit den *Freunden der Esoterik* zu einigen und den Kongresstermin zu verschieben, aber man bestand vehement auf dem Datum. Wegen irgendwelcher kosmischer Konstellationen.«

Morton nickte.

»Darüber war der Direktor überhaupt nicht erfreut. Er hat den Esoterik-Kongress in den großen Konferenzsaal verlegt. Der Saal ist viel kleiner als der alte Gala-Saal und nicht so gemütlich. Dort wurden früher viele Filmpartys und Bälle arrangiert. Aber das war noch vor meiner Zeit. Den Roten Salon hat er auch für den Gentlemen Club reservieren lassen. Deshalb gab es mächtig Ärger mit Mr Osiris.«

»Das kann ich mir vorstellen«, sagte Morton. Miss Lancaster war sympathisch, auch wenn sie viel zu indiskret für eine Empfangsdame war, dachte er sich. Aber in diesem Fall konnte es ihm nur recht sein.

Der Empfangschef kam aus einem Serviceraum und stellte sich ebenfalls hinter den Tresen. Sofort setzte Miss Lancaster wieder eine professionelle Miene auf. »Dann haben wir ja alles geklärt. Ich werde dafür sorgen, dass man Ihnen frische Handtücher bringt. Es gibt heute Morgen auch schon eine Nachricht für Sie.«

Morton stutzte und nickte dann. »Das ist sehr freundlich von Ihnen. Und die Nachricht?«

Lucy Lancaster griff in ein Schlüsselfach hinter sich und reichte Morton einen Zettel.

Mr Wise wünscht, um 10 Uhr zum Jachthafen chauffiert zu werden. Halten Sie den Wagen bereit.

O. Travellion

Morton steckte den Zettel ein und warf einen Blick auf seine goldene Taschenuhr. Die Uhr hatte er von seinem Großvater geerbt. Er hielt das gute Stück in Ehren. Noch hatte er genug Zeit, um seine bisherigen Beobachtungen aufzuschreiben. Morton zog sich in eine Ecke der Lobby zurück, von der aus man einen guten Überblick hatte, aber nicht sofort gesehen wurde. Zur Sicherheit zog er sich einen Pflanzkübel auf Rollen heran. Damit hatte er seine ganz persönliche Palme als Deckung. Hoffentlich würde ihn Miss Osborne hier nicht entdecken. Morton nahm ein kleines schwarzes Büchlein aus seiner Brusttasche. Es war nicht so dick wie das Notizbuch von Inspektor Kershaw, sondern so schmal und elegant, dass es in der Tasche nicht auftrug. Denn ein tadelloses Äußeres gehörte für Morton ebenso zu seiner Jobbeschreibung wie gepflegte Umgangsformen. Da war er altmodisch. In dem Buch pflegte er die Adressen und Uhrzeiten einzutragen, zu denen er seine Fahrgäste abholen sollte.

Morton überlegte kurz, mit welchem Fall er anfangen sollte, und entschied sich dafür, seinen Fokus zunächst auf den Koffer zu richten. Immerhin hatte Inspektor Cotta ihn darum gebeten. Außerdem hoffte er, dass sich ein Aktenkoffer in einem Hotel einfacher finden ließ als ein Mörder. Er blätterte das Büchlein bis zu einer freien Seite durch und notierte sich folgende Wörter: Koffer und Stern. Das hatte Inspektor Cotta gesagt. Hingen die Worte zusammen? War in dem Koffer ein Stern, vielleicht ein wertvoller Edelstein? Oder war der Stern eine Markierung? Warum ermittelte Inspektor Cotta in diesem Fall verdeckt? Er war unter falschem Namen im Hotel abgestiegen. So viel war klar. Warum behauptete Inspektor Kershaw, dass Cotta im Urlaub sei? Wusste er nichts von der Undercover-Aktion? In Kriminalserien wurden bei solchen verdeckten Ermittlungen manchmal auch die Kollegen nicht informiert, um die Tarnung nicht zu gefährden. Aber ob sich die Polizeiarbeit in Fernsehkrimis mit dem wahren Leben vergleichen ließ, wagte Morton zu bezweifeln. Dafür hatte er die drei ??? schon zu oft gefahren und ihren Gesprächen lauschen können.

Nachdenklich blickte er auf seine Notizen. Es gab eindeutig mehr Fragen als Antworten. Wie sollte er den Koffer finden? Er konnte schließlich nicht in die Hotelzimmer einbrechen. Warum war der Koffer so wichtig? Was war mit dem Inspektor passiert? Warum hatte er sich hinter dem Pflanzkübel versteckt? Hatte er von dort aus jemanden beschattet? Im Treppenhaus? Eher unwahrscheinlich. Oder hatte ihn jemand dort abgelegt? Was wäre passiert, wenn Morton ihn nicht zufällig gefunden hätte? Morton rieb sich das Kinn. All diese Fragen führten zu nichts. Er brauchte einen Anfang in seinem Gedankenknäuel.

Zunächst würde er klären, ob Cotta wirklich an einer verdeckten Operation gearbeitet hatte. Wenn dem so war, müsste es irgendwen in der Polizeiwache geben, der sein Ansprechpartner war. Diesen könnte Morton dann offiziell informieren und von dem Koffer berichten. Damit hätte er seine Schuldigkeit getan. Nur würde man ihm im Revier keine Auskunft geben, vor allem nicht, wenn es eine verdeckte Ermittlung war. Angestrengt dachte Morton nach. Es musste doch jemanden geben, der etwas für ihn in Erfahrung bringen konnte. Zuerst fiel ihm Kommissar Reynolds ein. Der pensionierte Hauptkommissar pflegte immer noch gute Kontakte zur Polizeistation, wie er von Justus wusste. Bestimmt könnte er sich unauffällig erkundigen. Doch dann erinnerte er sich, dass der Erste Detektiv erwähnt hatte, Kommissar Reynolds sei gerade zu einer mehrwöchigen Segeltour aufgebrochen.

»Verflixt«, erlaubte sich Morton zu murmeln. »Müssen denn alle gerade im Urlaub sein?«

Dann durchfuhr ihn ein Geistesblitz. Mathilda Jonas kannte so ziemlich jeden Polizisten in Rocky Beach. Das hatte sie einmal erzählt, als Morton Mr und Mrs Jonas zu einem Ballettabend gefahren hatte. Er würde später zum Gebrauchtwarencenter Jonas fahren und Justus' Tante persönlich um einen kleinen Gefallen bitten. Mrs Jonas konnte ihm bestimmt dabei helfen, einen Kollegen von Inspektor Cotta zu kontaktieren.

Auf dem Weg zum Jachthafen lenkte Morton den Rolls-Royce durch die Straßen von Rocky Beach und wich geschickt einem *Meadow Fresh*-Eiswagen aus, um den sich eine Horde Kinder versammelt hatte. Die Sonne strahlte vom wolkenlosen Himmel und eine leichte Brise wehte vom Ozean herüber. Doch für all diese sommerliche Leichtigkeit hatte Morton kein Auge, denn seine Gedanken waren bei den Vorgängen im Hotel. Außerdem lauschte er den Gesprächen seiner beiden Fahrgäste. Das war zwar nicht die feine englische Art, aber man konnte so einige wichtige Informationen erhalten. Die meisten Fahrgäste redeten nicht mit dem Fahrer. Während der Chauffeur sich auf den Straßenverkehr konzentrierte, vergaßen die Menschen nach einiger Zeit völlig, dass noch jemand anwesend war, während sie geschäftliche oder private Gespräche führten. Morton hatte die Informationen, die er auf diese Art gewann, bisher nicht für sich genutzt, sonst hätte er mit den richtigen Aktieneinkäufen schon ein kleines Vermögen verdienen können. Doch ein solches Verhalten entsprach nicht seinem Ehrbegriff.

In diesem Fall lagen die Dinge allerdings anders und so hörte Morton bewusst zu, was im hinteren Teil des Wagens gesprochen wurde. Mr Travellion redete auf Lance Wise ein.

»Lance, Sie müssen sich zusammennehmen. Sie dürfen keine Schwäche zeigen. Die Aktionäre könnten sonst unruhig werden. *WiseTec* steht solide da und mit meiner Erfahrung können wir die Firma führen, bis Sie sich eingearbeitet haben. Was aber die Tochtergesellschaft angeht, könnte es Komplikationen geben. Die Jungs aus Chicago haben es auf den Glücksspielbereich abgesehen. Sie kaufen in Las Vegas alles auf, was nicht niet- und nagelfest ist. Die Clemsey-Brüder haben mehrere Spielhallen und Hotels verkaufen müssen. Gamaschen-Columbo übt Druck aus. Auch im Showbereich wird es eng.«

»Onkel Gideon wollte sowieso aus dem Show- und Nachtclubgeschäft aussteigen. Die Vegas-Shows rentieren sich nicht mehr.«

»Aber zum jetzigen Zeitpunkt wäre ein Verkauf unklug«, warnte Mr Travellion.

»Das weiß ich. Ich bin kein kleines Kind mehr. Sie sind schlimmer als mein Onkel, Otis.« Lance Wise verschränkte die Arme. »Und Gamasche sollte lieber mal die Füße still halten. Wir haben genug gegen ihn in der Hand.«

Morton spitzte die Ohren. Clemsey-Brüder? Gamasche? Das waren wohl nicht die Namen ehrenwerter Geschäftsleute. Es klang eher nach Ganoven. Aber vielleicht betraf das nur die Glücksspiel- und Nachtclubsparte, für die Lance zuständig war. Die anderen Geschäfte des verstorbenen Mr Wise waren sicherlich ganz seriös, oder etwa nicht?

»Wir sind gleich am Jachthafen. Wo darf ich die Herrschaften absetzen?«

»Fahren Sie uns bitte zum *Hotel Excelsior*«, antwortete Mr Travellion knapp.

»Sehr wohl, Sir.«

»Wir haben gleich nach Onkels Tod einige unserer Vorstandsmitglieder einfliegen lassen und dort untergebracht. Wir werden eine Besprechung abhalten und danach noch eine kurze Onlinekonferenz. Es wird ungefähr zwei Stunden dauern, bis wir Sie wieder benötigen«, sagte Lance Wise.

»Ich werde mich pünktlich wieder vor dem *Excelsior* einfinden, Sir.«

»Danke, Morton.«

Eigentlich hätte Morton diese Pause für einen Besuch im neuen *Universal Café* am Hafen genutzt. Ein Kunde hatte es ihm kürzlich empfohlen. Innerhalb kürzester Zeit hatte sich das Café zum Geheimtipp gemausert. Besonders die Blaubeertörtchen dort seien hervorragend, so wurde ihm berichtet. Doch die Wartezeit musste Morton für ein Gespräch mit Mathilda Jonas nutzen und dem Schrottplatz einen Besuch abstatten. Er wendete den Rolls-Royce und gab Gas.

Mrs Jonas stand auf dem Hof des Gebrauchtwarencenters und gab ihrem Mann Titus Anweisungen, wohin er einige Jugendstilmöbel aus einer Haushaltsauflösung stellen sollte.

»Und die Lampen möchte ich hier drüben auf dem Verkaufstisch haben.«

Morton ging an einigen alten Tierkäfigen vorbei auf Mrs Jonas zu. Als sie den Chauffeur entdeckte, strahlte sie über das ganze Gesicht.

»Wie schön, Sie einmal wiederzusehen, Morton. Aber Justus ist gar nicht da.«

»Ich wollte auch zu Ihnen, Mrs Jonas.«

Mathilda stützte die Hände in die Hüften und sah Morton mit einem erwartungsvollen und strengen Blick an, so als wollte er ihr gleich beichten, dass er heimlich vom Kirschkuchen genascht hatte. Vermutlich war sie von Justus einigen Kummer gewöhnt.

»Na, da bin ich aber mal gespannt. Kommen Sie mit auf die Veranda. Ich habe selbst gemachte Zitronenlimonade da«, forderte ihn Mathilda Jonas auf. »Titus, leistest du uns Gesellschaft?«

Mrs Jonas goss ihrem Mann und Morton eiskalte Limonade ein. Morton nahm einen Schluck. »Wunderbar erfrischend.«

»Meine Frau macht die beste Limonade der gesamten Westküste.« Titus lächelte Mathilda an.

Mrs Jonas wirkte für einen Moment beinahe verlegen. »Du übertreibst wieder schamlos, Titus«, sagte sie tadelnd. »Was können wir denn für Sie tun, Morton?«, fragte Mrs Jonas mit einer gewissen Neugierde.

»Sie kennen alles und jeden hier in Rocky Beach. Haben Sie auch Kontakte zur Polizei?«

»Die habe ich in der Tat.« Mathilda Jonas nickte.

»Ich brauche einen internen Kontakt bei der Polizei, der mir ein paar Informationen geben kann.«

»Ich hoffe, es ist nichts Illegales?«, fragte Mathilda besorgt.

»Ich kann Sie beruhigen, Mrs Jonas. Es geht um einen Fall, den Inspektor Cotta bearbeitet. Er hat mich gebeten, ihm einen Gefallen zu tun, weil er gerade erkrankt ist und sich nicht selbst darum kümmern kann.« Morton hoffte, dass Mrs Jonas sich mit dieser Erklärung zufriedengab. Er wollte nicht zu viel verraten.

»Dann richten Sie Inspektor Cotta meine besten Genesungswünsche aus. Ich hoffe, er kommt bald wieder auf die Beine. Aber warum wendet er sich nicht an seinen Stellvertreter?«

»Inspektor Kershaw vertritt ihn. Es ist …«, Morton suchte nach den richtigen Worten, »… kompliziert.«

Mrs Jonas nickte verständnisvoll.

»Hast du denn eine Idee, Mathilda?«, fragte Titus.

»Nicht nur eine Idee. Ich habe eine Liste und einen Detective, der bei mir noch in der Schuld steht.« Mathilda zwinkerte den beiden zu.

Mrs Jonas verschwand im Haus. Kurz darauf kam sie mit dem Telefon zurück. »Detective Clarence, Sie schulden mir noch einen Gefallen, da Sie nicht, wie abgesprochen, alle Aufgaben auf meiner Liste erledigt haben«, sagte Mathilda gespielt streng in den Hörer. »Wenn Sie Morton helfen, ist die Liste abgegolten.«

Damit reichte sie den Hörer an Morton weiter.

»Guten Tag, Detective Clarence.«

»Hallo, was kann ich für Sie tun?«, fragte eine sympathische Männerstimme und Morton schilderte sein Anliegen.

KAPITEL 7

Als Morton die beiden Herren endlich wieder zur *Ranch zum Roten Löwen* zurückfuhr, war es bereits Nachmittag. Mr Wise und Mr Travellion hatten noch einige Termine auf ihrer Liste gehabt. Sogar das Pferdegestüt von Mr Grey hatten sie aufgesucht, auch wenn Lance Wise kein Polopferd kaufen wollte. Er machte sich nichts aus dem Sport, wie er freimütig erzählte. Vermutlich interessierte er sich eher für Rennpferde, da er schließlich für den Glücksspielbereich der Firma zuständig war, überlegte Morton.

Er ließ die Herrschaften vor dem Eingang zum Hotel aussteigen und bestand dieses Mal darauf, den Wagen selbst zu parken. Er fuhr auf den Hotelparkplatz, und bevor er sich zu Fuß auf den Weg zur *Ranch* machte, beschloss er, mit dem Autotelefon Detective Clarence anzurufen. Da der Detective noch einmal für einige Zeit in die Dienststelle von Rocky Beach beordert worden war, weil aktuell durch Ausfälle und Urlaub mehrere Kollegen fehlten, konnte er sich direkt im Revier umhören. Er hatte Morton im Gespräch versichert, dass er recht schnell an die gewünschten Informationen kommen würde. Vielleicht konnte der Detective schon etwas berichten. Es waren immerhin einige Stunden vergangen. Detective Clarence war so freundlich gewesen, Morton seine Mobilfunknummer zu geben.

Es ertönte ein Freizeichen und kurz darauf meldete der Detective sich. »Na, Sie haben es ja wirklich eilig«, bemerkte er, als Morton ihn begrüßt hatte. »Glücklicherweise, habe ich tatsächlich schon etwas herausgefunden. Niemand weiß etwas von einer verdeckten Ermittlung. Alle sagen, Inspektor Cotta sei in den Urlaub gefahren. Allerdings hat mir seine Sekretärin erzählt, ganz inoffiziell natürlich, dass er sich wohl vor seinem Urlaub mit einem Informanten getroffen hatte. Ihrer Meinung nach war der Inspektor über etwas sehr besorgt. Worum es genau ging, wusste Miss Dylis Dandylion leider nicht. Aber sie konnte mir sagen, dass Cotta damit sogar beim Polizeichef gewesen ist. Wohl ohne Erfolg. Es wurden keine Ermittlungen eingeleitet. Er könnte also tatsächlich auf eigene Faust ermitteln, was entweder sehr mutig oder sehr töricht von ihm ist, denn das könnte ihn den Job kosten.«

»Wissen Sie, wer der Informant ist?«, fragte Morton hoffnungsvoll.

»Leider nein. Inspektor Cotta hält solche Informationen geheim. Und den Polizeichef möchte ich diesbezüglich nicht fragen.«

»Verstehe«, überlegte Morton laut. »Wenn der Inspektor tatsächlich auf eigene Faust ermittelt hat, sollten wir es niemandem sagen.«

»Ich kann schweigen wie ein Grab«, versicherte der Detective. »Nun ja, es sei denn, ich habe noch eine Liste bei Mrs Jonas offen.« Er lachte verlegen.

»Sie haben mir dennoch schon sehr geholfen.«

»Bin ich damit quitt mit Mrs Jonas?«, fragte Detective Clarence hoffnungsvoll.

»Ich befürchte, das müssen Sie mit ihr klären«, sagte Morton. Dann fiel ihn noch etwas ein. »Eine Sache wäre da noch. Haben Sie etwas von dem Mord in der *Ranch zum Roten Löwen* gehört?«

Der Detective seufzte. »Erpresser bekommen nie genug. Ich bin gespannt, wie viel mich diese offene Liste noch kosten wird.«

Morton musste tatsächlich lachen. »Aber Detective, wie können Sie nur so etwas über Mrs Jonas sagen?«

»Ich meinte damit eigentlich Sie. Aber Scherz beiseite, ich hoffe sehr, dass Sie mich nicht zwingen werden, Ihnen Interna über den Mord zu liefern. Denn das würde eine Grenze überschreiten, über die ich nicht gehen kann. Ich darf Ihnen weder etwas zum Stand der Ermittlungen sagen noch, wer die Verdächtigen sind. Wenn ich das tue und Inspektor Kershaw es herausfindet, bewirft er mich im besten Fall mit Cottas Kaktus und im schlechtesten Fall werde ich suspendiert.«

»Nein, ich möchte wissen, ob Sie etwas über das Opfer Mr Gideon James Wise und seine Firma wissen. Oder vielleicht über seinen Neffen Lance Wise. Er wird die Geschäfte seines Onkels wohl übernehmen.«

»Ich bin mit dem Fall nicht vertraut, aber Lance Wise ist in der Unterwelt keine unbekannte Größe. Er besitzt mehrere Spielhöllen und Nachtclubs. Auch die der einschlägigen Sorte. Es gab mal einige Verfahren wegen illegaler Wettgeschäfte beim Pferderennen und Profiboxen. Außerdem Probleme mit Glücksspiellizenzen. Doch letztendlich konnte man ihm nie etwas nachweisen. Es wurden immer seine Mitarbeiter dafür verantwortlich gemacht, wenn etwas nicht korrekt ablief. Er ist so listig wie eine Schlange. Deswegen nennt man ihn auch *die Natter*.«

»Er hat auf mich nicht den Eindruck eines Schurken gemacht, der mit allen Wassern gewaschen ist«, sagte Morton nachdenklich. Mr Wise wirkte auf ihn eher einfach gestrickt und grundsätzlich freundlich. Den Spitznamen *Natter* hätte er eher Mr Travellion zugeordnet.

»Vielleicht täuschen Sie sich, Morton«, warnte Detective Clarence. »Seien Sie auf jeden Fall vorsichtig.«

»Das bin ich, keine Sorge«, versprach Morton.

»Und Morton …« Der Detective zögerte einen Moment. »Sollte das, was auch immer Sie herausfinden, gefährlich werden, zögern Sie nicht, mich anzurufen.«

»Danke, Detective. Ich weiß Ihr Angebot zu schätzen.«

Als Morton aufgelegt hatte, entschied er, auch noch beim Memorial Hospital anzurufen, um sich nach dem Inspektor zu erkundigen. Wer wusste schon, wann er wieder genug Ruhe zum Telefonieren finden würde, wenn er erst einmal im Hotel war.

Morton wählte die Nummer vom Krankenhaus und wurde mit der Station verbunden, auf der Inspektor Cotta lag.

»Station 2, Schwester Maria«, meldete sich eine energische

Stimme. Morton kannte diese Stimme. Sie gehörte zur Stationsschwester Maria Hernandez. Er hatte ihre Nichte einmal nach einem Sturz mit dem Fahrrad am Straßenrand gefunden und ins Krankenhaus gefahren. Seitdem war Mrs Hernandez ihm sehr verbunden.

»Hallo, Schwester Maria, hier ist Morton.«

»Hallo, wie schön, mal wieder von Ihnen zu hören. Was kann ich für Sie tun?«

»Ich würde gerne Dr. Miller sprechen. Er hat gestern als Notarzt einen Patienten aus der *Ranch zum Roten Löwen* abgeholt und ich wollte mich nach dessen Befinden erkundigen.«

»Dr. Miller ist gerade im OP«, sagte Schwester Maria bedauernd. »Und Sie wissen doch, dass ich am Telefon keine Auskunft geben darf.«

»Das ist mir durchaus bewusst. Ich habe Inspektor Cotta gefunden und Dr. Miller hat mir versprochen, dass ich mich nach seinem Gesundheitszustand erkundigen darf. Ich möchte nur wissen, ob es ihm besser geht und er wieder ansprechbar ist.«

»Nun ja«, begann Schwester Maria zögerlich. »Leider ist der Patient noch nicht ansprechbar. Aber ich denke, ich kann Ihnen sagen, dass sein Zustand den Umständen entsprechend stabil ist. Wir sind sehr froh, dass er die Nacht überlebt hat.«

Morton seufzte erleichtert auf. »Hat man denn herausgefunden, mit welcher Substanz der Inspektor vergiftet wurde?«

»Wie gesagt, nähere Informationen darf ich Ihnen am

Telefon nicht geben. Aber wenn Sie möchten, kann ich Dr. Miller bitten, Sie zurückzurufen.«

Morton überlegte kurz. »Das wäre sehr freundlich von Ihnen. Allerdings bin ich, während ich meine Gäste fahre, nicht zu erreichen. Ich wohne zurzeit in der *Ranch zum Roten Löwen*, Zimmer 29. Vielleicht wäre es sinnvoll, wenn Sie im Hotel anrufen und mir eine Nachricht hinterlassen, wann ich Dr. Miller telefonisch erreichen kann. Ich würde mich dann wieder melden.«

»Ich habe es mir notiert«, versicherte Schwester Maria. »Und Morton, vielleicht kann ich Ihnen noch sagen, dass es nicht leicht war, die richtige Behandlung zu finden, aber es gab einen anonymen Anruf auf der Station. Darin wurde uns das Antidot genannt.«

»Jemand hat angerufen und das Gegengift genannt?«, fragte Morton verwundert nach.

»Ja«, bestätigte Schwester Maria knapp. »Alles Weitere müssen Sie dann mit dem Doktor besprechen.«

»Danke, Maria.«

Als Morton ins Hotel ging, dachte er über diese neue Information nach. Wer auch immer den Inspektor vergiftet hatte, es war anscheinend unabsichtlich geschehen. Warum sonst hätte jemand im Krankenhaus anrufen sollen, um das Gegengift zu nennen? Es sei denn, derjenige, der den Inspektor vergiftet hatte, und der Anrufer waren nicht dieselbe Person. Hoffentlich konnte Dr. Miller ihm später noch mehr Informationen geben. Dennoch war Morton froh, dass Inspektor Cottas Zustand stabil war.

Jetzt musste er sich überlegen, wie er weiter vorgehen wollte. Vorher wollte er sich allerdings bei Mr Wise erkundigen, ob er heute Abend noch seine Dienste benötigen würde.

Morton näherte sich der Suite von Mr Lance Wise. Ein bulliger Mann im schwarzen Anzug mit einem Knopf im Ohr stand vor der Tür. Unter dem Jackett trug er vermutlich ein Schulterhalfter mit einer Waffe, denn es zeigte sich eine auffällige Beule. Ein Bodyguard, kombinierte Morton. Er trat an die Suite heran. Der Mann betrachtete ihn finster. »Gehen Sie weiter.«

»Das ist mir leider nicht möglich«, antwortete Morton mit Bedauern in der Stimme. »Ich bin Mr Wise' Chauffeur und muss mit ihm sprechen.«

»Gut, ich werde fragen, ob er Sie empfängt.«

Es dauerte eine gefühlte Ewigkeit, bis der Leibwächter mit Mr Wise gesprochen und Morton in die Suite hineingelassen hatte. Die Suite war sehr groß. Zunächst ging es durch einen kleinen Flur mit Wandspiegel und einer Ablage für Gepäckstücke und Schuhe. Dahinter gab es einen Wohn- und Arbeitsbereich. Das Schlafzimmer war augenscheinlich davon abgetrennt. In einer Sitzgruppe saßen Mr Wise, Mr Travellion und ein weiterer Herr im Anzug. Seine Haare waren akkurat frisiert. Mit seinem kantigen Kinn und markanten Augenbrauen sah er aus wie ein Männermodel in einem Magazin für Businessmode. Hinter ihm stand ein hochgewachsener Mann in einem langen schwarzen Ledermantel, der bei den sommerlichen Temperaturen völlig übertrieben wirkte. Dunkle Haare fielen ihm wie ein Vorhang ins Gesicht. In seinen braunen Augen lag ein finsterer Ausdruck. Dies war vermutlich der Leibwächter des Herrn mit der akkuraten Frisur, vermutete Morton. Auf dem Tisch lagen diverse Fotos von leicht bekleideten Frauen. Morton zog eine Augenbraue hoch. Er blieb in einigem Abstand stehen.

»Nein, Lance, die gefällt mir auch nicht. Hast du noch andere zur Auswahl?«, sagte der Gast und griff nach einem Whiskyglas. »Für den neuen Club brauche ich nur die besten Tänzerinnen.«

»Meine Showgirls sind alle erstklassig und bringen Las-Vegas-Erfahrung mit. Das bekommst du in Europa nicht, Rocco«, entgegnete Mr Wise ruhig. »Wenn du dich nicht entscheiden kannst, verkaufe ich die Clubs eben mit den Tänzerinnen. Für mich macht das keinen Unterschied.«

»Nun mal nichts überstürzen.« Rocco lächelte gewinnend und betrachtete die Fotos noch einmal.

Lance Wise wandte sich um. »Was kann ich für Sie tun, Morton?«

»Ich wollte fragen, ob Sie meine Dienste heute Abend noch benötigen, Sir?«, fragte Morton betont neutral.

»Ich denke nicht. Mr Messina und ich haben noch einiges zu besprechen«, antwortete Lance Wise.

Mr Travellion warf einen Blick auf seine teure Armbanduhr. »Und ich darf daran erinnern, dass später noch ein Dinner im Roten Salon zu Ehren Ihres Onkels stattfindet.«

Mr Wise nickte bestätigend. »Das wird sicherlich den ganzen Abend dauern. Morton, nehmen Sie sich den Rest des Tages also gerne frei.«

Der Bodyguard geleitete Morton wieder auf den Flur. Vor der Tür blieb er noch einen Moment stehen. Etwas war ihm auf seinem Weg aus dem Salon aufgefallen, aber Morton kam nicht darauf, was es war, denn der Bodyguard drängte ihn eilig weiter. Morton hatte keine Zeit gehabt, sich noch einmal in der Suite umzusehen.

Auf dem Weg zurück zu seinem Zimmer überlegte Morton, wie er den Abend am besten nutzen könnte, um seine Ermittlungen weiter voranzutreiben. Er ging zunächst in sein Zimmer, um sich umzuziehen. Seine Chauffeurlivree hängte er in den Schrank und wählte eine helle Baumwollhose und ein Poloshirt aus. Während er sich umzog, überlegte Morton, welche Informationen er bisher gesammelt hatte. Was den Koffer-Fall anbelangte, wusste er nun, dass Inspektor Cotta auf eigene Faust ermittelt hatte. Cotta war vergiftet worden und irgendjemand wusste so weit darüber Bescheid, dass er dem Krankenhaus anonym das Gegengift mitteilen konnte. Morton holte sein Büchlein hervor und notierte sich in Stichworten, was er bisher erfahren hatte. Er runzelte nachdenklich die Stirn. Morton hatte noch immer keine Idee, wie er den ominösen Koffer finden sollte. Es widerstrebte ihm, sich unerlaubt Zugang in die Hotelzimmer zu verschaffen, um den Koffer zu suchen. Wenn man ihn erwischte, würde man ihn für einen Hoteldieb halten. Die Konsequenzen mochte sich Morton nicht ausmalen. Eine fast unmögliche Aufgabe hatte ihm der liebe Inspektor Cotta da gestellt.

Aber wie sagte man so schön, wenn du in einer Sache

nicht weiterkommst, beschäftige dich zunächst mit einer anderen und der Geistesblitz wird kommen. Woher hatte er diese Weisheit? Von den Ermittlungen der drei ??? oder aus einem Buch von Agatha Christie? Er erinnerte sich nicht daran, aber es war der beste Ratschlag in dieser Situation.

Er blätterte zwei Seiten weiter und notierte sich alles, was er über den Mord an Gideon Wise wusste. Zum Schluss schrieb er auch die Namen der Verdächtigen und Zeugen auf. Er begann mit Miss Osborne. Sie hatte Mr Gideon Wise gefunden. Doch konnte sie auch die Mörderin sein? Morton glaubte nicht eine Sekunde daran. Die ältere Dame war vielleicht etwas exzentrisch, aber solch eine Tat traute er ihr nicht zu. Außerdem wäre es viel zu offensichtlich. Sie wäre doch nicht laut schreiend in die Lobby gelaufen, sondern hätte sich etwas später still und heimlich aus dem Raum geschlichen. Und er konnte auch kein Tatmotiv erkennen, wenn Miss Osborne das Opfer tatsächlich erst gestern kennengelernt hatte.

Mr Ember hatte ebenfalls kein Motiv, einen seiner besten Gäste um die Ecke zu bringen. Morton tippte mit dem Kugelschreiber auf das Papier.

Mr Lance Wise dagegen hatte ein Motiv. Er erbte das Vermögen und die Firmen seines Onkels. Außerdem schien es so, als wollte er einige Firmen, auch gegen den Rat von Mr Travellion, möglichst schnell verkaufen. Wollte er sich mit dem Geld absetzen? Bestimmt wusste er auch, dass Gideon Wise sich die Karten legen lassen wollte. Er würde sich mit dem Neffen näher beschäftigen, beschloss Morton. Lance Wise war offen und bestimmt war es Morton möglich, ein Gespräch mit ihm zu beginnen, in dem er etwas mehr über das Verhältnis zu seinem Onkel herausfinden könnte.

Dazu musste er Lance Wise nur abpassen, wenn Mr Travellion nicht dabei war. Der Anwalt achtete offensichtlich darauf, dass Morton nicht zu viele Informationen mitbekam. Aber Mr Travellion hatte auch den Terminplan von Gideon Wise im Kopf. Vermutlich besser noch als Lance. Morton notierte auch den Namen des Anwalts auf die Liste der möglichen Verdächtigen. Dennoch hatte Mr Travellion kein Motiv, seinen Chef zu töten. Die Firmen würden an den Neffen gehen und er würde vermutlich seinen Posten als Geschäftsführer verlieren. Er hatte bei dem Gespräch mit diesem Rocco nicht glücklich ausgesehen. Morton wiegte nachdenklich den Kopf. Dieser Rocco war zwar teuer gekleidet gewesen, machte aber keinen seriösen Eindruck auf ihn. Morton konnte von sich behaupten, dass er einen echten Gentleman erkannte, wenn er vor ihm stand. Ob dieser Rocco ebenfalls zum Gentlemen Club gehörte? Sollte dies der Fall sein, dann lag die Vermutung nahe, dass es sich bei den Clubmitgliedern eher um Kriminelle als um seriöse Geschäftsleute handelte. Traf dies auch für die übrigen Herren des Clubs zu? Hatten sie Geschäfte mit Mr Gideon Wise getätigt? Lag da irgendwo das Motiv für die Tat? Morton fragte sich, ob Gideon Wise von einem seiner sogenannten Geschäftspartner getötet wurde oder ob nur sein Neffe auf Abwegen wandelte. Er wusste einfach zu wenig über das Opfer, den Club und auch über die weiteren Clubmitglieder.

Morton fuhr sich nachdenklich über das Kinn. Wenn es sich bei diesem Club in Wahrheit um eine kriminelle Vereinigung handelte, dann konnten noch sehr viel mehr Tatverdächtige dazukommen. Morton seufzte leise. Er schlug das Büchlein zu und entschied, dass er noch einmal mit der netten Miss Lancaster sprechen würde. Vielleicht würde sie ihm einige Namen der Clubmitglieder nennen. Aber vorher wollte er einen Tee auf der Hotelterrasse trinken.

Auf dem Weg zum Aufzug kam ihm ein flüchtiger Gedanke. Als er die Suite von Mr Wise verlassen hatte, war ihm etwas aufgefallen. Irgendetwas hatte seine Aufmerksamkeit erregt, aber weil der Bodyguard ihn so schnell aus dem Raum geschoben hatte, konnte er es nicht richtig einordnen. Es war wichtig gewesen, dessen war sich Morton sicher. Bestimmt würde es ihm wieder einfallen.

KAPITEL 8

Unter einem ausladenden Sonnenschirm nahm Morton auf der Terrasse Platz. Leider hatte sich auch der Schattenbereich den Tag über deutlich erhitzt. Es lag eine gewisse Schwüle in der Luft, doch ein Unwetter war bisher nicht angesagt. Die Brise vom Ozean drang nicht bis hierher. Es war so drückend, dass die anderen Gäste die kühle Hotelbar vorzogen.

Als der Kellner kam, entschied sich Morton für einen Orangensaft mit Eis. Es war derselbe Kellner, der ihm am Tag zuvor den Tee gebracht hatte. Er bediente auch heute als Einziger die Gäste der Hotelbar. Vielleicht hatte Miss Lancaster recht, als sie sagte, Mr Ember habe vielen Mitarbeitern gekündigt.

Der Kellner brachte Morton ein Cocktailglas mit einer Orangenscheibe und einem bunten Schirmchen am Rand. Für einen einfachen Saft wirkte die Aufmachung etwas überladen. Vermutlich rechtfertigte man damit den exorbitanten Preis.

»Ich schreibe Ihnen den Drink auf Ihr Zimmer, Sir.« Der

Kellner wollte sich gerade abwenden und wieder nach drinnen eilen, als Morton ihn noch einmal ansprach. »Haben Sie etwas von dem Mord mitbekommen?«, fragte er freiheraus.

Der Kellner wirkte etwas nervös, so als ob er nicht sicher sei, was er sagen durfte. »Nur dass die Polizei da war, weil einer unserer Gäste getötet wurde. Wir sind alle schockiert. Wer tut so etwas?«

Morton nickte. »Eine grausame Tat. Wissen Sie, wie es passiert ist?«

Auch wenn sich Morton wie eine Tratschtante anhören musste, was ihm zutiefst zuwider war, war er sich sicher, dass er am meisten aus dem Kellner herausbekam, wenn er genauso wirkte wie ein neugieriger, aber harmloser Gast. Jemand, der es lediglich auf Klatsch und Tratsch abgesehen hatte und dafür ein großzügiges Trinkgeld gab.

Unruhig sah sich der Kellner um. »Nichts Genaues. Der Gast wurde wohl erstochen. Soweit man den Gerüchten trauen darf.«

Morton rührte mit dem Strohhalm im Cocktailglas herum, sodass die Eiswürfel leise klirrten. »Von der Bar aus hat man doch einen recht guten Blick in die Lobby. Haben Sie vielleicht vor der Tat etwas Auffälliges bemerkt?«, fragte er.

»Etwas Auffälliges, Sir?« Der Kellner wirkte alarmiert. Nervös fuhr er mit der Hand über das Tablett. »Ich bin mir nicht sicher, was Sie meinen? Man hat auch nur einen eingeschränkten Blick in die Hotelhalle und ich muss mich um die Gäste kümmern. Da habe ich die Lobby nicht immer im Blick.«

Morton zuckte leichthin mit den Schultern. »Ich meine ja auch nur, vielleicht haben Sie zufällig jemanden in den Wahrsageraum hineingehen sehen.«

Misstrauisch musterte der Kellner ihn. »Sie sind nicht zufällig ein Journalist, oder?«

Es widerstrebte Morton zu lügen und so zögerte er nur lange genug mit seiner Antwort, um den Kellner zum Weitersprechen zu animieren. Dabei sah er ihn aufmerksam an. Eine Taktik, die ihm durch seine Tätigkeit als Chauffeur vertraut war. Einige Fahrgäste redeten gerne mit ihm, weil er sich als guter Zuhörer erwies.

»Springt denn etwas für mich dabei heraus, wenn Sie einen Artikel über den Vorfall schreiben?«

Mord würde Morton zwar nicht als bloßen Vorfall betiteln, aber er wiegte leicht den Kopf. Eine Geste, die man deuten konnte, wie man wollte. Der Kellner nickte zustimmend.

»Also gut, ich habe tatsächlich vor der Tat jemanden in den Raum hineingehen sehen. Allerdings habe ich mir nichts dabei gedacht, weil sie auch recht schnell wieder rauskam.«

»Sie?«, hakte Morton nach.

»Ja, Miss Lancaster vom Empfang. Aber sie war nur wenige Minuten im Raum. Ich dachte, der Gast hätte vielleicht einen Wunsch.«

Morton runzelte die Stirn. »Der Gast war also schon im Raum?«

»Ja, ich habe ihn kurz zuvor hineingehen sehen.«

»Und haben Sie auch gesehen, ob nach Miss Lancaster noch jemand den Raum betrat?«, fragte Morton.

»Nein. Ich habe niemanden gesehen, aber ich musste mich

auch um meine Gäste kümmern und konnte nicht die ganze Zeit in die Lobby schauen. Warum auch? Ich konnte doch nicht wissen, dass etwas Schlimmes passieren würde.«

»Natürlich«, bestätigte Morton. »Damit rechnet man ja nicht. Haben Sie noch gesehen, wie eine ältere Dame den Raum betrat?«

Der Kellner schüttelte bedauernd den Kopf. »Wie gesagt, ich musste mich um unsere Gäste kümmern. Und das muss ich jetzt auch. Falls Sie also keine weiteren Fragen haben ...«

»Eine hätte ich in der Tat noch. Haben Sie der Polizei von Ihrer Beobachtung erzählt?«

»Nein! Warum sollte ich Miss Lancaster durch meine Aussage unnötig belasten? Sie würde doch keiner Fliege etwas zuleide tun. Sie ging zwar in den Raum hinein, aber ich glaube nicht, dass sie den Gast erstochen hat. Das muss jemand anderes gewesen sein. Warum sollte sie so etwas Schreckliches tun?«

Das war die Frage, dachte sich Morton. »Vielen Dank. Jetzt will ich Sie auch nicht länger aufhalten.«

Der Kellner wollte sich schon entfernen, als ihm noch etwas einfiel. »Bitte sagen Sie der Polizei nichts davon. Ich möchte keinen Ärger bekommen, weil ich nichts davon in der Befragung erzählt habe. Und wenn Sie den Artikel schreiben, nennen Sie bitte nicht meinen Namen.«

»Sie können sich auf mich verlassen«, beruhigte Morton ihn.

Morton trank zügig seinen Saft aus. Danach schlenderte er zum Empfangstresen, an dem Miss Lancaster stand und etwas in den Computer eingab. Sie war allein an der Rezeption. Hervorragend, freute sich Morton. Er überlegte, wie er es geschickt anstellen sollte, noch einmal den Mord anzusprechen. Als Miss Lancaster aufblickte und ihn anlächelte. »Was kann ich für Sie tun, Sir?«

»Wissen Sie, Mr Barnaby hat mich gebeten, noch etwas aus seinem Zimmer zu holen und ihm ins Krankenhaus zu bringen, bevor er bewusstlos wurde. Diesen Gefallen würde ich ihm gerne tun«, sagte Morton.

»Oh«, entfuhr es Miss Lancaster bedauernd. »Abgesehen davon, dass es nicht erlaubt ist, den Zimmerschlüssel an andere Gäste herauszugeben, ist das Zimmer bereits geräumt und neu vermietet worden.«

»So schnell?« Morton war ehrlich erstaunt.

»Sie wissen doch, dass wir noch einige Gentlemen auf der Warteliste für ein Zimmer hatten. Mr Ember war der Ansicht, dass Mr Barnaby wohl nicht so schnell wieder aus dem Krankenhaus entlassen würde, und gab Anweisung, sein Gepäck an das Memorial Hospital nachzuschicken. Also müssen Sie sich die Mühe nicht mehr machen.«

»Das ist ja hervorragend«, murmelte Morton wenig begeistert. Er hätte die Chance gerne genutzt und in den Sachen des Inspektors nach einem Hinweis gesucht. Das konnte er sich nun abschminken.

»Kann ich sonst noch etwas für Sie tun?«, erkundigte sich Miss Lancaster.

Morton überlegte einen Moment, wie er möglichst unauffällig ein Gespräch mit Lucy Lancaster beginnen konnte, um mehr über ihren Aufenthalt im Wahrsageraum herauszufinden. Dann hatte er eine Idee. »Ja, in der Tat. Miss Osborne war gestern so schockiert nach allem, was passiert war. Können Sie mir Ihre Zimmernummer nennen? Ich würde mich gerne erkundigen, wie es ihr heute geht.«

»Ja, natürlich. Wir vom Personal sind auch noch alle ganz durcheinander. Miss Osborne hat die Zimmernummer 17«, sagte Miss Lancaster.

»Haben Sie eigentlich gesehen, wann Miss Osborne den Raum betreten hat?«

»Leider nein. Das habe ich auch schon der Polizei gesagt. Ich war die ganze Zeit unterwegs. Ich musste unter anderem in die Hotelküche gehen, um einige Speisewünsche der Clubgäste an den Küchenchef weiterzugeben.«

»Und Sie waren nicht zufällig vorher noch in dem Raum, in dem die Kartenlegung stattfinden sollte?«, fragte Morton so beiläufig wie möglich.

Miss Lancaster riss die Augen auf. »Nein! Warum sollte ich? Dazu gab es keinen Anlass.«

»Ich dachte nur, dass Sie Mr Wise vielleicht noch lebend gesehen haben, bevor das Verbrechen begangen wurde. Vielleicht, wie er den Raum betreten hat.«

»Worauf wollen Sie hinaus?«, fragte Miss Lancaster. Sie nestelte nervös an einer blonden Haarsträhne herum, die aus ihrer Hochsteckfriseur gefallen war.

Morton setzte ein beruhigendes Lächeln auf. »Es würde Miss Osborne gewiss helfen, wenn man genau wüsste, wann Mr Wise noch gelebt hat und wie lange er sich allein in dem Zimmer aufgehalten hat. Allzu lange wird es wahrscheinlich nicht gewesen sein. Und da wäre eine Beobachtung von Ihnen sicherlich hilfreich. Schade, dass Sie nichts gesehen haben, was der Polizei nützen könnte, den wahren Täter zu finden.«

»Ach, so meinen Sie das.« Miss Lancaster schien sich zu beruhigen. »Es tut mir wirklich leid, aber ich habe niemanden gesehen. Auch Mr Wise nicht.«

Morton nickte ihr zu. »Ja, wirklich bedauerlich. Aber bestimmt wird die Polizei den Mörder trotzdem überführen.«

»Das hoffen wir alle.« Miss Lancaster lächelte wieder, aber das Lächeln erreichte dieses Mal nicht ihre Augen.

Morton drehte sich um und ging auf die Fahrstühle zu. Warum hatte Miss Lancaster ihn angelogen?

KAPITEL 9

Als er den Knopf drückte, um den Aufzug zu holen, erklangen hinter ihm auf dem Marmorboden rasche Schritte.

»Edward, warten Sie!« Es war unverkennbar die aufgeregte Stimme von Patricia Osborne, die nach ihm rief. Morton überlegte, ob er so tun könnte, als hätte er die ältere Dame nicht gehört, aber er wusste, dass es sich nicht ziemte. Also drehte er sich um und begrüßte sie freundlich. »Guten Abend. Möchten Sie mit nach oben fahren?«

»Wo haben Sie denn gesteckt? Ich habe Sie den ganzen Tag gesucht!«, beschwerte sich Miss Osborne und gestikulierte dabei aufgeregt mit den Armen, die in einem weiten Seidenensemble in Batikoptik steckten. Der leichte Stoff wehte bei jeder ihrer Bewegungen auf. Morton starrte für einen Augenblick auf das bunte Outfit. Er bevorzugte eine schlichtere Garderobe.

»Ich habe Mr Wise den ganzen Tag über gefahren«, antwortete Morton wahrheitsgemäß.

»Mr Wise? Aber der ist doch tot! Wie können Sie ihn gefahren haben?« Patricia Osborne wirkte erschrocken.

»Mr Lance Wise. Seinen Neffen«, informierte Morton sie knapp.

»Ach ja, natürlich. Bitte verzeihen Sie, Edward, der Mord und alles drum herum macht mich ein wenig nervös.«

Morton verdrehte innerlich die Augen. Wenn Miss Osborne ihn weiterhin Edward nannte, würde er irgendwann die Fassung verlieren.

»Aber wenn man als Mörderin verdächtigt wird«, fuhr Miss Osborne fort, »dann ist es schier unmöglich, einen klaren Gedanken zu fassen. Wir müssen den wahren Täter schnellstmöglich fassen.«

»Ich habe noch eine andere Aufgabe.«

»Aber das weiß ich doch. Sie arbeiten als Chauffeur.« Patricia Osborne tätschelte Morton leicht den Arm.

»Nein, noch etwas anderes.«

»Etwas anderes, das wichtiger ist als die Aufklärung eines Mordfalls?« Miss Osborne machte große Augen.

Morton überlegte, was er ihr gefahrlos anvertrauen konnte. »Ich muss einen Koffer für einen Freund ausfindig machen. Es ist sehr wichtig.«

»Was denn für einen Koffer?«

»Einen Aktenkoffer mit einem Stern.« Morton zögerte einen Moment. »Es könnte eventuell sogar mit dem Mordfall in Zusammenhang stehen.« Jetzt hatte er seine schlimmste Vermutung geäußert.

»Na, dann sollten Sie mich auf jeden Fall ins Bild setzen. Denn ich werde Ihnen bis zur Aufklärung nicht mehr von der Seite weichen.«

»Wundervoll«, murmelte Morton kaum hörbar.

»Kommen Sie, Edward, wir sollten die Einzelheiten beim Abendessen klären. Danach können wir gestärkt loslegen«, forderte Miss Osborne ihn auf.

Morton gab sich geschlagen und folgte Patricia Osborne zum Dinner.

Sie wählten einen Tisch etwas abseits am Fenster und setzten sich. Morton studierte die Speisekarte. Neben der klassischen englischen Küche hatte Morton eine geheime Leidenschaft für pikantes Essen. Er liebte Enchiladas Verdes. Doch die Speisekarte der *Ranch* bot keine mexikanischen Gerichte an. Darum wählte Morton das Roastbeef und Miss Osborne einen grünen Salat mit Sonnenblumenkernen und Orangenspalten. Nachdem das Essen serviert wurde, kam Patricia Osborne erneut auf den Koffer zu sprechen. »Also, wer besitzt denn diesen Aktenkoffer, den Sie finden sollen?«

»Das ist das Problem. Ich weiß nicht, wem der Koffer gehört. Mein … Freund hat den Aktenkoffer gestern hier gesucht. Er muss sich also in diesem Hotel befinden.«

»Und wo ist ihr Freund jetzt? Warum hilft er uns nicht bei der Suche, wenn dieses Gepäckstück so viel für ihn bedeutet?«

»Er musste dringend fort. Hören Sie, Miss Osborne, mehr kann ich Ihnen nicht sagen. Nur so viel, es ist wichtig, dass ich den Koffer finde.«

»Sie sollen mich doch Patricia nennen«, erinnerte ihn Miss Osborne. »Was ist denn in dem Koffer drin? Wurde er gestohlen?«

Morton ignorierte die Aufforderung, sie bei ihrem Vornamen zu nennen. »Über den Inhalt ist mir leider nichts bekannt. Aber es ist durchaus möglich, dass der Koffer zuvor entwendet wurde.«

»Wir suchen also einen Aktenkoffer, von dem wir nicht wissen, wem er gehört, und was darin ist? Habe ich das richtig verstanden?«

»So könnte man es ausdrücken«, gab Morton zu.

Patricia Osborne seufzte. »Wie sollen wir denn erkennen, dass wir den richtigen Koffer gefunden haben?«

»Es muss irgendwie mit einem Stern zu tun haben.«

»Ein Stern?«

Morton nickte.

»Und wo wollen wir mit der Suche beginnen?«

»Darüber mache ich mir ja gerade Gedanken«, sagte Morton. Eine Weile aßen sie schweigend, dann leuchteten Miss Osbornes Augen auf. »Ich habe eine hervorragende Idee, Edward! Wir werden versuchen, einen Blick in das Gästebuch am Empfang zu werfen. Der Computer ist sicherlich mit einem Passwort geschützt, aber sie führen hier auch ein handschriftliches Reservierungsbuch. Sunshine und ich mussten uns beim Einchecken dort eintragen.«

»Was wollen Sie denn mit dem Reservierungsbuch? Wollen Sie auspendeln, welcher Gast den Koffer hat?«, fragte Morton mit ernster Miene. Er war kurz davor, die Geduld zu verlieren.

Patricia Osborne überhörte die Spitze. »Nein, aber wir können daran sehen, wer bereits gestern eingecheckt hatte. Der Koffer wird sicherlich nicht allein angereist sein, oder? Das heißt, die Zimmer der Gäste, die erst heute eingetroffen sind, brauchen wir nicht zu durchsuchen.«

Der Gedanke war gar nicht so dumm. Miss Osborne hatte doch mehr von einer Ermittlerin, als er vermutet hatte. »Sie haben recht. Das ist ein vielversprechender Anfang.«

»Sehen Sie, ich kann Ihnen von großem Nutzen sein.« Miss Osborne lächelte zufrieden.

Nach dem Dinner holten sie sich in der Bar ein Getränk und setzten sich damit in eine der Sitzgruppen in der Lobby. Obwohl hier mehrere gemütliche Ledersessel um kleine Tische herum angeordnet waren, saßen die Gäste lieber in der Bar oder auf der großen Hotelterrasse. Die Lobby war fast immer wie leer gefegt, wenn nicht gerade Gäste an der Rezeption standen. Leider war die Hotelhalle an diesem Abend nicht komplett leer, denn Miss Lancaster arbeitete am Computer. Morton und Miss Osborne saßen bereits eine halbe Stunde in der Lobby, ohne dass sich die Hotelmitarbeiterin von ihrem Platz wegbewegt hatte.

»Vielleicht sollte ich sie irgendwie ablenken, damit Sie sich das Reservierungsbuch greifen können?«, schlug Patricia Osborne vor.

»Tun Sie bitte nichts Unüberlegtes«, bat Morton.

In diesem Moment klingelte zum Glück das Telefon am Empfang. Miss Lancaster meldete sich und lauschte einen Moment. Dann sagte sie: »In Ordnung, ich kümmere mich gleich darum.« Sie stand auf und verließ ihren Platz. Mit eiligen Schritten durchquerte sie die Hotellobby und verschwand hinter einer der Türen, auf denen »Zugang nur für Personal« stand.

»Jetzt oder nie!« Patricia Osborne war erstaunlich flott

auf den Beinen und ging eilig auf die Rezeption zu. Morton folgte ihr. Patricia Osborne ging, ohne zu zögern, hinter den Tresen und griff sich das Reservierungsbuch. Hastig schlug sie die entsprechende Seite auf. »Hier, das sind die Einträge der letzten drei Tage.« Miss Osborne griff sich einen Stift und riss einen Zettel von einem Notizblock.

»Haben Sie vielleicht ein Mobiltelefon? Wir könnten die Seiten abfotografieren. Das geht schneller«, schlug Morton vor.

»Leider nein. Handys sind auf dem Kongress verpönt. Wegen der Strahlung, wissen Sie. Die stört die Energiefrequenzen einiger unserer Teilnehmer. Aber haben Sie denn keins?«, fragte Patricia Osborne.

»Leider nein. Wenn ich im Dienst bin, lasse ich mein privates Telefon zu Hause. Während ich fahre, gehört es sich nicht, zu telefonieren. Das wäre unhöflich meinen Fahrgästen gegenüber und für dienstliche Anrufe kann ich das Autotelefon nutzen. Es besteht also keine Notwendigkeit, ein Mobiltelefon mit sich zu führen.«

»Dann müssen wir wohl doch abschreiben. Sie übernehmen diese Seite und ich die Anreisen von gestern.«

»Wir sollten nur die infrage kommenden Zimmernummern aufschreiben. Das geht schneller. Wenn wir den Koffer gefunden haben, können wir immer noch herausfinden, wer das Zimmer bewohnt«, sagte Morton.

Patricia Osborne nickte. »Aber die Zimmernummern der Messeteilnehmer muss ich wohl nicht notieren. Ich kann mir nicht vorstellen, dass einer der *Freunde der Esoterik* etwas mit einem Kofferdiebstahl zu tun hat.«

»Bitte notieren Sie alle Zimmernummern, die vom Zeitraum her infrage kommen.«

»Also gut, aber Sunshine und mich nehme ich aus. Bei uns ist der Koffer bestimmt nicht. Das kann ich Ihnen versichern.«

Morton überflog mit den Augen die Einträge. Als er zur Suite kam, die Mr Wise bewohnte, regte sich erneut etwas in seiner Erinnerung. Doch er konnte den Gedanken immer noch nicht fassen.

»Fertig«, sagte Miss Osborne und faltete ihren Zettel zusammen. Morton nickte ebenfalls und sie legten das Reservierungsbuch an seinen Platz zurück. Keine Sekunde zu früh, denn Miss Lancaster kehrte zurück. Miss Osborne gelang es gerade noch, sich wieder vor den Empfangstresen zu stellen. Nun standen Morton und sie da, als würden sie geduldig darauf warten, bedient zu werden. Lucy Lancaster kam herbeigeeilt.

»Wünschen Sie etwas? Ich habe die Klingel gar nicht gehört.«

»Wir haben auch nicht geklingelt«, antwortete Miss Osborne. »Aber ich benötige einen Zettel und einen Stift, wenn Sie so freundlich wären. Ich möchte meiner Mitbewohnerin eine Nachricht hinterlassen. Sie ist noch beim Kongress und ich wollte sie wissen lassen, dass ich schon zu Abend gegessen habe.«

»Gerne.« Miss Lancaster reichte ihr einen Zettel und einen Stift.

Miss Osborne schrieb ein paar Zeilen auf und reichte die Nachricht der Hotelmitarbeiterin. Miss Lancaster legte den Zettel ins Schlüsselfach.

»Sie haben mir eine Partie Rommé versprochen. Lassen Sie uns in die Bar gehen.«

Morton folgte ihr in Richtung Bar. »Warum gehen wir hier entlang? Wir wollten doch zu den Zimmern.«

»Das ist unauffälliger. Wir kommen von dort auch hoch zu den Zimmern. Hinten in der Bar gibt es einen Gang, der zu einem Seiteneingang des Konferenzsaales führt. Dort gibt es auch einen kleinen Fahrstuhl. Der wird hauptsächlich vom Personal benutzt, wenn jemand den Zimmerservice aus der Bar ruft, aber wir durften ihn auch benutzen, weil wir unsere Flyer, Bücher und Info-Aufsteller damit heruntergeschafft haben. Das ist ein viel kürzerer Weg. Ich habe immer noch den Schlüssel für den Aufzug. Ich darf ihn bis zum Ende des Kongresses behalten.«

»Das könnte uns tatsächlich sehr nützlich sein«, sagte Morton anerkennend.

Miss Osborne lächelte zufrieden und führte ihn zum Aufzug. »Wollen wir ganz oben oder in der ersten Etage beginnen?«

Morton überlegte einen Moment. Er hatte den Inspektor auf dem Treppenabsatz zur ersten Etage gefunden. Natürlich war es möglich, dass er sich im Treppenhaus von dem zweiten Stockwerk hinuntergeschleppt hatte, aber so versteckt, wie er lag, glaubte Morton immer mehr, dass er absichtlich dort hingelegt wurde. Es war nicht einfach, einen schweren Körper über eine längere Strecke zu tragen. Wer auch immer es war, hatte vermutlich den kürzesten Weg zum Flur gesucht.

»Lassen Sie uns auf der ersten Etage beginnen.«

Miss Osborne steckte den Schlüssel in das Bedienfeld des Aufzugs und drückte die Eins.

»Die Frage ist, wie kommen wir ungesehen in die Zimmer hinein?«, überlegte Morton laut. »Zunächst einmal sollten wir überprüfen, ob die Zimmer auch leer sind, aber dann …«

»Da kommt es uns zugute, dass die *Ranch zum Roten Löwen* noch die altmodischen Schlüssel hat. Wir benötigen keine Zimmerkarten. Sie könnten die Tür mit einem Dietrich öffnen, Edward.«

»Sehe ich wie ein Einbrecher aus? Wo soll ich ein Dietrichset hernehmen?« Jetzt hätten sie gut den Zweiten Detektiv, Peter Shaw, gebrauchen können, dachte Morton.

»Nun, dann benutzen Sie Ihren Charme und bezirzen eines der Zimmermädchen. Vielleicht schließt sie uns dann die gewünschten Türen auf.«

Entsetzt blickte Morton die ältere Dame an. »Erst halten Sie mich für einen Einbrecher und jetzt für einen Schürzenjäger? Was kommt als Nächstes?«

»Nun, zum privaten Ermittler taugen Sie jedenfalls nicht.« Miss Osborne hielt sich eine Hand an die Stirn. »Wenn nicht so viel auf dem Spiel stünde, würde ich Sie allein den Koffer suchen lassen. Ich spüre, wie mich meine Migräne überkommt.«

Morton wäre es nur recht gewesen, wenn er allein suchen könnte. Es gefiel ihm gar nicht, Miss Osborne in diese Angelegenheit hineinzuziehen.

»Also, sagen Sie schon, in welchem Zimmer wir anfangen wollen. Wenn wir dort sind, lassen wir uns etwas einfallen. Wir könnten klopfen und falls jemand öffnet, lenke ich die

Person ab, während Sie sich Zutritt zu dem Raum verschaffen.«

Morton staunte nicht schlecht. Miss Osborne entwickelte eine ausgesprochen kriminelle Energie. Er verkniff sich einen Kommentar und zog seinen Zettel aus der Hosentasche. Er las, welche Zimmernummern aus dem ersten Stockwerk er sich notiert hatte.

Die Nummer der Suite von Mr Lance Wise stand dort ebenfalls notiert und endlich erinnerte sich Morton wieder. Dort hatte er aus dem Augenwinkel etwas gesehen, aber nicht sofort realisiert. Es war ein kleiner roter Stern auf schwarzem Grund gewesen. Der zwischen den Jacken, die an der Garderobe hingen, hervorgeblitzt war. Es war nur ein flüchtiger Moment gewesen, den Morton jetzt erst einordnen konnte. Was, wenn sich dieser rote Stern auf einem schwarzen Aktenkoffer befand, der auf dem Sideboard unter der Garderobe gestanden hatte und teilweise von den Anzugjacken verdeckt war? Ein Kribbeln breitete sich in Morton aus. Er musste überprüfen, ob es tatsächlich ein schwarzer Aktenkoffer war, der dort gestanden hatte.

Nun musste er nur noch herausfinden, ob jener Aktenkoffer Lance Wise gehörte. Wenn dies tatsächlich der Fall war, mussten die Vergiftung von Inspektor Cotta und der Mord an Gideon Wise zusammenhängen.

KAPITEL 10

»Ich weiß, wo wir anfangen, und vielleicht können wir uns danach die restlichen Zimmer sparen.« Morton tippte auf den Zettel.

»Sie überraschen mich.«

Er ging mit zügigen Schritten voran. Vor der Suite blieben sie stehen. Morton sah sich kurz um und lauschte an der Tür. Von drinnen war nichts zu hören.

»Und wie gehen wir vor?«, fragte Miss Osborne.

Morton entschied sich für den direkten Weg. Er klopfte an der Tür.

»Anscheinend ist niemand da«, bemerkte Patricia Osborne treffend, nachdem sie einige Zeit gewartet hatten.

»Sind alle auf der Dinnerparty«, sagte plötzlich jemand hinter ihnen mit einem fremdländischen Akzent.

Miss Osborne und Morton fuhren zusammen. »Ach du meine Güte, haben Sie uns erschreckt. Schleichen Sie sich immer so an, junger Mann?«, fragte Patricia Osborne.

Der Hüne im schwarzen Ledermantel schwieg und musterte die beiden mit dunklen Augen.

»Miss Osborne, darf ich Ihnen vorstellen, das ist …«

»Bela«, ergänzte der Mann. »Man nennt mich auch den *Chirurgen*.«

»Ah, Sie sind also Arzt. Sehr erfreut, Sie kennenzulernen.«

»Ich glaube nicht, dass der Herr Arzt ist, Miss Osborne«, sagte Morton trocken.

»Das stimmt. Ich bin Leibwächter. Mein Boss ist Rocco Messina von der europäischen Delegation.«

»Jetzt verwirren Sie mich aber ein wenig. Wenn Sie nicht Arzt sind, warum nennt man Sie dann den *Chirurgen*?«

Mit einem feinen Lächeln öffnete Bela seinen Ledermantel. Darin kamen diverse silberne Instrumente zum Vorschein. Auf die Schnelle erkannte Morton Skalpelle und etwas, das aussah wie ein Dietrichset.

»Aber wofür brauchen Sie denn als Leibwächter all diese Instrumente?«, fragte Miss Osborne irritiert.

Bevor Bela etwas sagen konnte, schaltete sich Morton ein. »Das ist nicht zufällig ein Dietrichset?«

»Doch«, antwortete der *Chirurg* knapp. Er sah von Morton zur Tür und verzog die Lippen zu einem kleinen Lächeln. »Sie wollen in die Suite von Mr Wise einbrechen? Warum?«

»Wir wollen nichts stehlen. Das kann ich Ihnen versichern. Nur etwas Wichtiges nachschauen.«

»Nachschauen?«

»Mein Bekannter meint, dass sich in der Suite der Koffer eines Freundes befindet. Er möchte nur nachsehen, ob er mit seinem Verdacht richtigliegt«, erklärte Miss Osborne. »Können Sie uns helfen?«

»Warum fragen Sie nicht einfach Mr Wise? Sie arbeiten doch für ihn«, wollte Bela wissen.

»Es ist etwas kompliziert«, gab Morton zu.

»Wenn er mit seinem Verdacht falschliegt, könnte Mr Wise gekränkt sein. Wir möchten uns also erst einmal vergewissern. Verstehen Sie?«

Morton zog eine Augenbraue hoch. Miss Osborne war ziemlich schlagfertig. Auch das hätte er ihr nicht zugetraut. Sie lächelte den Furcht einflößenden Mann weiter an, während Bela überlegte. Als Morton schon glaubte, er würde ihre Bitte abschlagen, griff er in seinen Mantel und zog das Dietrichset heraus. »Sie haben mich neugierig gemacht.«

Nur wenige Augenblicke später standen alle drei im Eingangsbereich der Suite. Bela zog die Tür hinter sich zu. Sie betraten den Wohnraum. Morton befürchtete schon, dass sich kein Aktenkoffer in der Suite befand, aber dann entdeckte er ihn neben dem Schreibtisch auf dem Boden. Ein schwarzer Lederkoffer mit einem geprägten Stern zwischen den Verschlüssen.

»Ist das der Koffer?«, fragte Miss Osborne.

»Er könnte es sein. Ich muss mir den Inhalt ansehen.« Morton zog zur Sicherheit seine weißen Fahrer-Handschuhe aus der Hosentasche, die er wohlweislich eingesteckt hatte. Er nahm den Aktenkoffer, legte ihn auf den Schreibtisch und versuchte, ihn zu öffnen. Doch die goldenen Verschlüsse schnappten nicht auf. »Ein Zahlenschloss – und ich weiß den Code nicht.« Enttäuschung schwang in Mortons Stimme mit.

»Lassen Sie mich das machen.« Bela zog ein Stethoskop aus seinem Mantel und machte sich daran, das Zahlenschloss zu knacken. Es dauerte keine zwei Minuten, bis Bela den Koffer aufklappte.

Morton blickte auf den Inhalt. Es waren Papiere. Vor allem Verträge über den Verkauf von Immobilien und Tanzclubs. War es das, wonach der Inspektor gesucht hatte? Aber warum? Was wollte er damit beweisen? Auf jeden Fall schien Lance Wise sich von großen Teilen der Firmenimmobilien zu trennen. Wollte er damit schnell an Geld kommen und sich ins Ausland absetzen? Hatte er doch etwas mit dem Mord an seinem Onkel zu tun? Er profitierte am meisten davon, schoss es Morton durch den Kopf.

»Und nun?«, fragte Bela ungeduldig.

Der Leibwächter hatte recht. Sie konnten nicht ewig hier bleiben. Es war zu unsicher, aber um mehr Informationen zu bekommen, müsste Morton vermutlich all diese Verträge durchlesen, auch wenn er immer noch nicht wusste, was er darin finden sollte.

»Ich müsste mir die Unterlagen genauer anschauen.«

»Machen Sie Handyfotos«, schlug Bela vor.

Mittlerweile wurde es Morton peinlich. »Ich habe kein Mobiltelefon dabei.«

Der dunkelhaarige Hüne blickte ihn verständnislos an. Morton schloss den Koffer und stellte ihn an seinen Platz zurück. »Ach, an der Wunderwelt des Films teilzuhaben – beneidenswert!«, rief Miss Osborne plötzlich aus. Sie stand vor einer Wand, an der goldgerahmte Fotos hingen. Wie auch in der Bar des Hotels waren hier in der Suite Aufnahmen von früheren Prominentenpartys aufgehängt. Morton erkannte Alfred Hitchcock und Rita Hayworth.

Patricia Osborne verwirrte ihn. Nicht nur mit ihrem Hang zur Esoterik oder ihrer nervtötenden Art, ihn immer wieder Edward zu nennen, sondern damit, dass sie in einem Moment eine energische, durchaus logisch denkende Frau war und im nächsten Moment staunend vor einem Foto stand, um wie ein junges Mädchen von Filmstars zu schwärmen.

»Sie müssen wissen, ich sammle alles, was mit Filmen zu tun hat.« Sie deutete auf das Foto. »Ich habe sogar die falschen Wimpern von Rita Hayworth.«

»Da kommt jemand«, warnte Bela, der schon halb im Flur stand. Jetzt hörte auch Morton die Schritte auf dem Gang.

»Wir haben jetzt keine Zeit für falsche Wimpern. Schnell, verstecken Sie sich«, forderte Morton Miss Osborne auf.

Patricia Osborne wirkte für einen Moment irritiert. Bela reagierte blitzschnell, griff sich Miss Osborne und zog sie mit sich hinter die Tür zum Badezimmer, die gleich neben dem Flur lag. Morton sah sich um. Er huschte hinter den bodenlangen Fenstervorhang. Erst als sich die Tür zur Suite öffnete und jemand hereinkam, merkte er, dass sein Versteck strategisch nicht gut gewählt war. Sollte die Person nicht sofort wieder gehen, hatte er keine Möglichkeit, zur Tür zu gelangen. Morton hielt den Atem an, als die Schritte auf den Schreibtisch zusteuerten. Er spähte durch einen Spalt. Es war Lance Wise. Er setzte sich an den Schreibtisch und rieb sich das Kinn. Mr Wise sah müde aus. Nun, immerhin hatte er erst vor einem Tag seinen Onkel verloren. Mr Wise blickte gedankenverloren zur Fensterfront. Draußen war es dunkel und er erhob sich wieder. Morton hielt den Atem an. Wenn er herkäme, um die Vorhänge ganz zuzuziehen oder die Balkontür zu öffnen, würde er ihn entdecken. Die Balkontür, schoss es Morton durch den Kopf. Er hoffte, dass Mr Wise so in Gedanken vertieft war, dass er nicht bemerkte, wenn Morton die Balkontür öffnete. So leise wie möglich schob er die Schiebetür auf und zwängte sich durch einen schmalen Spalt auf den Balkon. Womöglich konnte er von hier hinunterklettern. Die Suite lag im ersten Stock und so war es nicht allzu hoch. Morton spähte über die Balkonbrüstung. Der Bereich unter dem Balkon war dunkel, weil es an dieser Stelle im Erdgeschoss keine Fenster gab. Hervorragend, dann würde man ihn nicht so schnell entdecken. Direkt unter dem Balkon stand ein riesiger Hibiskus. Vom Balkon aus gab es an der Wand leider keine Möglichkeit hinabzuklettern. Er würde über die Brüstung steigen und dann springen. Während er noch überlegte, wie er es anstellen sollte, ohne sich den Hals zu brechen, wehte ein Luftzug durch das geöffnete Fenster und bauschte den Vorhang auf. Lance Wise bemerkte es sofort und rief von drinnen: »Ist da jemand?«

Morton hörte Schritte, die sich der Balkontür näherten. Ihm blieb keine Zeit, er schwang sich über die Brüstung und sprang. Der große Hibiskus fing ihn etwas ab, aber die Landung im Geäst war dennoch schmerzhaft. Morton blieb unbeweglich im Strauch hängen. Mr Wise trat auf den Balkon und blickte über die Brüstung in den Garten. Sein Blick suchte die dunklen Büsche und die Rasenfläche bis hin zur hell erleuchteten Auffahrt nach einer Bewegung ab. Gespannt hielt Morton den Atem an und verharrte in seiner Position. Nach einer gefühlten Ewigkeit ging Mr Wise zurück in die Suite und schloss die Balkontür. Morton wartete noch ein paar Minuten ab, um ganz sicher zu sein, bis er sich aus seinem Versteck traute. Er würde sicherlich einige blaue Flecken davontragen, aber immerhin hatte er sich nichts gebrochen. Wie gut, dass er sich körperlich fit hielt. Dennoch würde das Springen von Balkonen nicht so schnell zu seiner Lieblingsbeschäftigung werden. Eng an der Wand entlang schlich er sich davon, bis er außer Sichtweite war, und umrundete dann das Hotel, um durch den Vordereingang wieder hineinzugehen. Er hoffte, dass Bela und Miss Osborne die Ablenkung genutzt hatten, um durch die Zimmertür zu entkommen. Er hatte sie alle in eine missliche Lage gebracht. Insgeheim schwor sich Morton, dass er es nicht mehr so weit kommen lassen wollte. Wenn man sie erwischte, dann kam für Miss Osborne zu dem Mordverdacht auch noch Einbruch dazu. Das würde sich nicht gut machen. Und er? Er könnte seinen Job verlieren, genauso wie Inspektor Cotta. War es das wert? Der Inspektor war ein guter Mensch und Morton wusste tief in seinem Inneren, dass er ihm helfen musste, ganz egal, was es für ihn persönlich bedeuten würde. Doch er durfte andere nicht mit in die Sache hineinziehen. Bei Bela, dem Leibwächter, machte er sich keine allzu großen Sorgen, aber Miss Osborne musste er aus der Sache heraushalten.

Morton betrat die Hotellobby und staunte er nicht schlecht, als er zwei Polizisten und Inspektor Kershaw an der Rezeption stehen sah. Es gab ein großes Geschrei, weil der Inspektor dabei war, Miss Lancaster festzunehmen.

»Aber ich war es nicht, Inspektor«, rief die junge Frau ängstlich. »Das müssen Sie mir glauben.«

»Ich muss gar nichts.«

»Aber Sie können doch nicht meine Mitarbeiterin verhaften, Inspektor.« Mr Ember wedelte aufgeregt mit den Armen. »Wir sind jetzt schon völlig unterbesetzt. Wie soll ich den Betrieb ohne Miss Lancaster aufrechterhalten?«

»Das ist nicht mein Problem. Ihre Mitarbeiterin steht unter dringendem Tatverdacht, einen Gast Ihres Hotels ermordet zu haben, und muss uns deshalb auf das Revier begleiten.«

»Ich habe ihn nicht getötet. Er war schon tot, als ich den Raum betrat!«, rief Miss Lancaster.

»Wo habe ich das denn schon mal gehört? Wir haben Ihre Fingerabdrücke auf der Tarotkarte gefunden. Als einzige andere Abdrücke auf den Karten neben denen von Miss Osborne.« Inspektor Kershaw hielt eine durchsichtige Plastiktüte mit einem blutigen Halstuch hoch. »Und dieses Tuch lag in Ihrem Spind!«

Lucy Lancaster war den Tränen nah.

»Waren denn auch Fingerabdrücke von Miss Lancaster auf dem Messer, Inspektor?«, mischte sich Morton ein.

»Sie schon wieder! Lassen Sie mich in Ruhe meine Arbeit machen.«

Ungerührt blickte Morton den Inspektor an. »Ich möchte nur sicher sein, dass Sie Ihre Arbeit richtig machen. Gestern waren Sie noch überzeugt, Miss Osborne habe den Mord begangen.«

»Gestern hatten wir noch keine Fingerabdrücke«, konterte Inspektor Kershaw.

»Also waren Miss Lancasters Fingerabdrücke nun auf dem Messergriff?«, hakte Morton nach.

»Ich muss Ihnen überhaupt nichts zu den laufenden Ermittlungen sagen. Aber nein, es waren keine verwertbaren Fingerabdrücke auf dem Messer. Vermutlich hat Miss Lancaster Handschuhe getragen.«

»Und dann hat sie die Handschuhe extra ausgezogen, um damit die Tarotkarte anzufassen?«

Das Gesicht des Inspektors lief langsam rot an. »Den genauen Ablauf wird die weitere Befragung ergeben.«

Ein Polizist legte Miss Lancaster Handschellen an. Ein unangenehmer Klingelton ertönte in der Jackentasche des Inspektors. Morton erkannte die Melodie sofort. Es war ein Stück aus dem *Zauberer von Oz*, das immer gespielt wurde, wenn die böse Hexe erschien. Inspektor Kershaw zog sein Mobiltelefon hervor und verzog angewidert das Gesicht. »Als ob mein Tag nicht schon schlimm genug wäre.«

Für einen Moment sah es so aus, als wollte er das Klingeln ignorieren, aber dann seufzte er und nahm den Anruf an. Vermutlich ahnte er, dass der Anrufer nicht so schnell aufgeben würde.

Eine schrille Stimme war zu hören und Inspektor Kershaw hielt sein Mobiltelefon weit von sich weg.

»Wann schicken Sie endlich das FBI, Inspektor? Wie oft soll ich Sie wegen des Zwergenkillers noch anrufen? Oder soll ich mich gleich an Ihren Vorgesetzten wenden? Mein Mann ist sehr gut bekannt mit ihm, müssen Sie wissen. Es passiert einfach nichts. Wenn ich Sie anrufe, gehen Sie nie an Ihr Telefon!«

Morton erkannte Mrs Kretschmers Stimme. Eine in Rocky Beach berühmt-berüchtigte Persönlichkeit. Sie war die erste Vorsitzende des Frauenvereins und hatte immer irgendetwas zu meckern.

»Charity und Chastity sind traumatisiert! Ich schicke Ihnen die Arztrechnung!«, fuhr Mrs Kretschmer fort, ohne auf eine Antwort des Inspektors zu warten. Vermutlich könnte sie den ganzen Tag weiterzetern.

Inspektor Kershaw stöhnte auf und hielt das Telefon widerwillig an sein Ohr. »Ich versichere Ihnen, ich habe meine besten Mitarbeiter auf Ihren Fall angesetzt …« Es entstand eine Pause und der Inspektor lauschte einem erneuten Redeschwall. Während die beiden Polizisten in Uniform mit Mr Ember sprachen, nutze Morton die Gelegenheit, sich wie zufällig neben Miss Lancaster zu stellen.

»Sie haben mich angelogen«, flüsterte er ihr zu. Es war mehr eine Feststellung als ein Vorwurf.

»Ich weiß. Ich war so verängstigt, als Sie angefangen haben, Fragen zu stellen. Aber ich habe ihn nicht getötet. Ich gebe zu, ich hätte es gerne getan, aber er war schon tot. Bitte helfen Sie mir!«, flehte Miss Lancaster.

»Sie wussten also, dass Mr Wise bereits tot war, haben der Polizei aber nichts gesagt? Sie hätten Miss Osborne ans Messer geliefert.«

»Wenn ich etwas gesagt hätte, dann wäre ich verdächtigt worden. Ich habe ihn nicht getötet. Ich schwöre es.«

»Sie haben ihn also nicht erstochen?«

»Doch, ich habe ihn erstochen.«

»Wie bitte?« Morton riss erstaunt die Augen auf. »Sie sagten, Sie haben ihn nicht getötet.«

»Das stimmt auch. Ich habe ihn erstochen, aber nicht ermordet. Er war bereits tot. Es muss also noch jemanden geben, der diesen Mistkerl genauso gehasst hat wie ich.«

»Das müssen Sie mir erklären.«

»Ich wollte mit Mr Wise sprechen und ihm sagen, was er mir angetan hat. Er ist schuld daran, dass meine Mutter ums Leben kam. Ich wusste, wann der Raum für die Legung gebucht war. Ich sah Mr Wise in den Raum gehen und wollte ihm direkt folgen, aber man rief mich in die Küche. Als ich zurückkehrte und in den Wahrsageraum gegangen bin, lebte er bereits nicht mehr. Ich sah das Messer und konnte einfach nicht anders. Ich nahm mein Halstuch ab, zog damit das Messer aus seinem Rücken und stach erneut zu. Es tat so gut!«

»Wann war das?«

»Ich war ungefähr zehn Minuten lang im Raum«, antwortete Lucy Lancaster.

Morton runzelte die Stirn. »Hat es Sie nicht gewundert, dass Miss Osborne noch nicht da war?«

»Stimmt, jetzt, wo Sie es sagen. Eigentlich hätte die Sitzung längst starten müssen. Ich habe nicht weiter nachgedacht, als ich aus dem Raum keine Stimmen hörte, bin ich einfach reingegangen und fand ihn tot vor.«

»Und wie war das mit der Tarotkarte? Warum sind Ihre Fingerabdrücke auf der Karte?«

Lucy Lancaster zögerte mit der Antwort. Morton warf

derweil einen Blick zum Inspektor, der immer noch versuchte, Mrs Kretschmer zu beruhigen.

»Das habe ich Ihnen doch schon gesagt. Wir kümmern uns darum …«, rief der Inspektor beinahe verzweifelt.

Die Stimme von Miss Lancaster holte Mortons Aufmerksamkeit zurück. »Das klingt jetzt vielleicht ein wenig verrückt, aber ich habe mir am Tag davor von Miss Osborne die Karten legen lassen. Sie sagte mir, mein Leben würde eine plötzliche Wendung nehmen, und zeigte mir die ›Zehn der Schwerter‹. Sie erklärte mir die Bedeutung der Karte genau und ich wusste sofort, dass es etwas damit zu tun haben würde, dass wir Mr Gideon Wise als Gast erwarteten. In einem Moment, als Miss Osborne kurz abgelenkt war, nahm ich mir heimlich die Karte aus dem Deck und steckte sie in die Jacke meiner Uniform. Als ich ihn erstach, da fühlte es sich richtig an, die Karte ebenfalls zu durchstoßen. Ich hielt sie mit dem Halstuch und steckte sie auf das Messer. Dann stach ich zu. Aber später fiel mir dann ein, dass meine Fingerabdrücke ja auf der Karte sein mussten, denn als ich sie am Tag vorher aus dem Deck nahm, trug ich keine Handschuhe. Es war so dumm von mir.«

»Da kann ich Ihnen leider nicht widersprechen.«

Lucy Lancaster ließ den Kopf hängen. »Es tut mir leid, dass ich nichts gesagt habe, um Miss Osborne zu helfen. Sie hat es nicht verdient, für einen Mord angeklagt zu werden. Aber ich auch nicht und niemand hätte mir geglaubt.«

»Nein, ich kann Ihnen keinen Polizeischutz geben. Nein, auch keinen Streifenwagen vor Ihrem Haus … Nein, Mrs

Kretschmer … ich …«, rief der Inspektor aufgebracht. Dann verstummte er. Erstaunt nahm er das Telefon vom Ohr. »Aufgelegt! Na, umso besser. So, wir gehen.«

Morton glaubte, dass der Inspektor sich zu früh freute. Vermutlich fing der Ärger mit Mrs Kretschmer nun erst richtig an.

Die Polizisten führten Miss Lancaster ab. Im Gehen warf sie Morton noch einen flehenden Blick zu. Als die Polizisten Lucy Lancaster durch die Tür schoben, rief sie Morton noch etwas zu. »Dancing Cat.«

Morton nickte langsam. Sie hatte ihn zunächst angelogen, aber was, wenn sie nun die Wahrheit sagte? Er würde ihrem Hinweis nachgehen.

KAPITEL 11

Es war spät geworden, aber Morton wollte sich zumindest erkundigen, ob Miss Osborne ungesehen aus der Suite von Mr Wise entkommen konnte. Er ging zum Zimmer 17 und klopfte an der Tür. »Miss Osborne, ich bin es, Morton! Sind Sie noch wach?«

Drinnen regte sich etwas. Leise Schritte kamen näher und die Tür wurde geöffnet. Miss Osborne stand in einem purpurnen Morgenmantel vor ihm und blickte ihn fragend an.

»Ich wollte mich nur erkundigen, ob Sie ungesehen aus der Suite gekommen sind?«

»Kommen Sie rein. Sunshine ist noch nicht von ihrem Mondscheinspaziergang zurück. Wir können also reden.«

Morton trat ein. Das Zimmer war tatsächlich deutlich kleiner als seines. Es wirkte wie ein Einzelzimmer, in das jemand ein zweites Bett hineingequetscht hatte.

»Bitte setzen Sie sich«, forderte Miss Osborne ihn auf.

Morton nahm auf dem einzigen Stuhl Platz, der vor einem kleinen Frisiertisch stand, und Patricia Osborne setzte sich auf ihr Bett.

»Sie konnten ungesehen entkommen?«, fragte Morton noch einmal.

»Ja, als Mr Wise Ihnen auf den Balkon gefolgt ist, hat mich dieser Bela am Arm gepackt und aus dem Zimmer geschoben. Feingefühl ist nicht gerade seine Stärke.«

Morton atmete erleichtert auf. »Ich bin froh, dass man Sie nicht gesehen hat.«

»Haben Sie etwa Angst, dass man mich dann auch noch wegen Einbruchs verhaften will, Edward?«

»So in der Art. Aber was den Mord angeht, stehen sie zumindest im Moment nicht mehr ganz oben auf der Liste.«

Patricia Osborne beugte sich interessiert vor. »Wie kommt das?«

»Soeben hat Inspektor Kershaw Miss Lancaster wegen Mordverdachts verhaftet.«

»Die nette junge Frau vom Empfang? Aber wieso?«

»Man fand ihre Fingerabdrücke auf der Tarotkarte«, sagte Morton.

Miss Osborne wirkte fassungslos. »Das kann ich gar nicht glauben. Warum sollte sie so etwas tun?«

»Sie beteuert ihre Unschuld.«

»Eigentlich hatte ich geplant, Sunshine um einen kleinen Liebeszauber für Miss Lancaster und Sie zu bitten. Und Kräutermagie wirkt in Vollmondnächten am stärksten. Schade.«

Morton blieb fast das Herz stehen. »Nein, Miss Osborne, bitte tun Sie das nicht. Keine Liebestränke, keine Kräutermagie oder irgendwelche Vodoozauber. Ich bin glücklich mit meinem Leben, so, wie es ist.«

»Sie haben so gute Schwingungen zusammen.«

»Nein!«

Miss Osborne schüttelte traurig den Kopf. »Aber daraus wird wohl jetzt nichts mehr. Doch Sie erwähnten, dass Miss Lancaster ihre Unschuld beteuert.«

»Sie erzählte mir, dass Mr Wise bereits tot war, als sie den Raum betrat.«

»Merkwürdig«, murmelte Miss Osborne. »Wie lange muss er denn dort schon gesessen haben?«

»Dabei fällt mir ein, warum sind Sie eigentlich zu spät zur Kartenlegung gekommen?«

»Aber ich war doch nicht zu spät!«, erwiderte Miss Osborne empört. »Ich komme immer pünktlich zu meinen Sitzungen. Mr Wise hatte den Termin um eine Viertelstunde nach hinten verschoben.«

Morton wurde hellhörig. »Mr Wise hat Ihnen das persönlich gesagt?«

»Nein«, gestand Miss Osborne. »Ich hatte eine Nachricht in meinem Fach, in der stand, dass die Sitzung verschoben werden sollte.«

»Haben Sie die Nachricht noch?«, fragte Morton.

»Ich habe sie weggeworfen. Wie hätte ich ahnen können, dass sie noch einmal wichtig werden könnte?«

»Das ist wirklich ärgerlich. Wann genau sollte die Kartenlegung starten?«

Patricia Osborne überlegte einen kurzen Moment. »Ursprünglich war sie für 18.30 Uhr geplant, wurde aber auf 18.45 Uhr verschoben.«

Mr Wise war jemand, der überpünktlich zu seinen Terminen erschien. Vermutlich war er bereits fünf Minuten früher vor Ort, überlegte Morton. Das war genau der Zeitpunkt, als er Inspektor Cotta gefunden hatte.

Die Zimmertür ging auf und plötzlich stand Sunshine im Raum. »Du hast Herrenbesuch auf unserem Zimmer, Patricia?«

Kurz darauf ging Morton zu seinem Zimmer zurück. Der Tag war lang gewesen und er brauchte eine Mütze voll Schlaf, um wieder klare Gedanken fassen zu können. Außerdem musste er planen, wie er weiter vorgehen sollte. Wenn er davon ausging, dass beide Damen unschuldig waren, blieb noch Lance Wise, der aus dem Tod des Onkels am meisten Vorteile zog. Und Lance besaß einen Koffer, auf den die Beschreibung des Inspektors passte. Sollte Lance Wise seinen Onkel nicht ermordet haben, dann blieben noch jede Menge Verdächtige aus dem sogenannten Gentlemen Club. Bisher hatte Morton noch nicht alle Clubmitglieder kennengelernt. Es wäre nicht einfach, an diese Leute heranzukommen. Vielleicht konnte Mr Travellion ihn vorstellen. Aber warum sollte er diesen Geschäftsleuten einen einfachen Chauffeur vorstellen? Mr Wise konnte er nicht bitten, solange seine Unschuld nicht bewiesen war. Es war aber auch ein schrecklich vertrackter Fall.

Morton wollte gerade ins Badezimmer gehen, um eine heiße Dusche zu nehmen, als das Zimmertelefon klingelte. Dieses Mal war es nicht der Empfang, sondern Mr Wise.

»Morton, ich müsste mal kurz mit Ihnen sprechen.«

»Heute Abend noch, Sir?«

»Unverzüglich!« Mr Wise legte auf.

Morton starrte den Hörer an. Das klang gar nicht gut.

Nervös klopfte Morton an der Tür zur Suite.

»Herein«, drang die Stimme von Mr Wise aus dem Inneren. »Die Tür ist offen.«

Morton drückte dagegen und die Zimmertür schwang tatsächlich auf. Mr Wise saß in der Sitzecke, in der er am Nachmittag mit Rocco Messina verhandelt hatte.

»Ist es nicht etwas gefährlich, Sir, die Tür offen stehen zu lassen, wenn Sie hier ganz allein sind? Wo ist denn Ihr Leibwächter?«, erkundigte sich Morton freundlich.

»Den Bodyguard hatte ich nur für das Treffen mit Rocco Messina gebucht. Er bringt immer diesen grässlichen *Chirurgen* mit. Da wollte ich auch einen Security-Mann haben. Es geht im Geschäftsleben meistens nur um die große Show. Das werden Sie auch noch lernen. Die Außenwirkung ist alles. Mein Onkel war ein Meister darin. Mehr, als ich es jemals sein werde. Jetzt ist er tot und ich muss mich um alles kümmern.« Lance Wise blickte versonnen in sein Whiskyglas.

»Ich verstehe, Sir.«

»Ach, tun Sie das?«, fragte Mr Wise mit einer gefährlich ruhigen Stimme. »Dann verstehen Sie sicherlich auch, dass ich es nicht mag, wenn man mich hintergeht.«

»Sir?«

»Sie verstehen mich doch, Morton, oder nicht?«

»Nun, ich …« Morton verschränkte die Hände hinter dem Rücken und streckte sich ein wenig.

»Ich mag es auch nicht, wenn man mich anlügt.« Lance Wise hob seinen Blick und sah Morton in die Augen.

Morton räusperte sich verlegen. Es war sicherlich nicht gut für seine Gesundheit, einen Mann wie Lance Wise anzulügen.

»Sie waren in diesem Zimmer. Zusammen mit dem Leibwächter von Rocco und dieser verrückten Lady, die meinen Onkel ermordet haben soll. Sie haben meine Unterlagen durchsucht. Versuchen Sie nicht, es zu leugnen.«

»Nun, Sir …«

»Halten Sie mich nicht für dumm. Das tun schon zu viele.« Mr Wise' Stimme hatte einen scharfen Unterton.

»Nichts läge mir ferner als das. Ich frage mich nur, woher Sie es wissen.«

»Ich habe mobile Kameras in der Suite installiert. Sie sind mit meinem Smartphone verbunden. Ultraklein, hochauflösend und von *WiseTec* entwickelt. Ich habe also immer den totalen Durchblick und nach ihrer kleinen Aktion auf dem Balkon habe ich mir die Aufzeichnungen angesehen. Was haben Sie in meinen Unterlagen gesucht?«

Morton seufzte. Mr Wise trug den Namen *Natter* nicht umsonst. Er beschloss, Lance Wise die Wahrheit zu sagen. »Das ist eine längere Geschichte, Sir. Darf ich mich setzen?«

Mr Wise nickte und goss Morton ein Glas Whiskey ein. »Dann packen Sie mal aus.«

Morton überlegte, wie er am besten anfangen sollte. Er berichtete zuerst, wie er den Inspektor gefunden hatte. »Der Inspektor ist ein Freund. Ich habe ihm versprochen, nach dem Aktenkoffer zu suchen.«

»Und warum glauben Sie, dass es sich bei dem gesuchten Aktenkoffer ausgerechnet um meinen handelt?«, hakte Wise nach.

»Der Inspektor sprach von einem Stern. Und als ich am Nachmittag hier war, ist mir Ihr Aktenkoffer aufgefallen. Natürlich wusste ich nicht mit Sicherheit, dass dies der gesuchte Koffer war. Ich weiß es immer noch nicht.«

»Und auf den Gedanken, mich einfach danach zu fragen, sind Sie nicht gekommen?« Mr Wise nahm noch einen Schluck von seinem Whisky.

»Sir, verzeihen Sie, wenn ich ehrlich bin …«

»Ich bitte darum.«

»Solange der Mord an Ihrem Onkel noch nicht aufgeklärt ist, konnte ich Ihnen nicht trauen. Sie sind derjenige, der am meisten von seinem Ableben profitiert.«

»Also haben Sie einfach beschlossen, auf eigene Faust herumzuschnüffeln. So weit, so schlecht, aber warum haben Sie diese Lady und den *Chirurgen* dabeigehabt?«, fragte Lance ehrlich interessiert.

»Miss Osborne will unbedingt ihre Unschuld beweisen und Bela war so freundlich, uns mit seinem Dietrichset die Tür zu öffnen.«

Ein bitteres Lächeln umspielte Lance Wise' Lippen. »Soso, er war also so freundlich.«

Morton ließ ein wenig die Schultern hängen. »Glauben Sie mir, Sir, ich fühlte mich nicht wohl damit. Bei jemandem einzubrechen, verstößt eindeutig gegen mein Ehrgefühl. Ich wusste keinen anderen Weg, um den Koffer unauffällig zu untersuchen. Natürlich ist mir klar, dass Sie mich anzeigen werden.« Morton bemerkte seine Haltung und richtete sich etwas auf. »Ich werde für mein Vergehen geradestehen. Sir, ich bin nicht stolz auf das, was ich getan habe, und bitte Sie nur darum, die anderen nicht zu belangen. Ich war es, der in Ihr Zimmer eindringen wollte. Miss Osborne und Bela sind quasi nur zufällig dabei gewesen.«

Lance Wise lächelte leicht. »Es ehrt Sie, Morton, dass Sie die Schuld allein auf sich nehmen. Sie wollen die beiden schützen, obwohl der *Chirurg* und diese Miss Osborne sich ebenfalls des Einbruchs schuldig gemacht haben. Roccos Leibwächter wohl am meisten, denn er hat Ihnen schließlich die Tür geöffnet und sogar meinen Koffer.« Lance Wise schnaubte verächtlich. »Ihn würde ich nur zu gerne den örtlichen Polizeikräften ausliefern. Allerdings würde dies meine Geschäfte mit Rocco Messina sicherlich nicht positiv beeinflussen. Ich werde dennoch ein ernstes Wörtchen mit ihm reden. Sie müssen sich keine Sorgen machen, da Sie nichts gestohlen haben und mir bereitwillig die Wahrheit gestanden haben, werde ich den Einbruch nicht melden.«

»Vielen Dank, Sir«, sagte Morton erleichtert.

Lance Wise goss sich einen Schluck aus der Flasche nach. »Was glaubten Sie denn, würden Sie in dem Koffer finden? Gestohlene Ware? Drogen oder Diamanten?«

Morton zuckte mit den Schultern. »Wie ich bereits sagte, ich weiß es nicht. Der Inspektor konnte mir diesbezüglich keine Informationen mehr geben. Ich dachte, ich würde einen Hinweis auf das Verbrechen finden, das der Inspektor aufklären wollte.«

»Und alles, was Sie stattdessen fanden, waren Geschäftsunterlagen und Verkaufsverträge über meine Nachtclubs.«

»Wenn Sie mir die Frage gestatten, Sir. Warum wollen Sie Ihre Clubs verkaufen?«

Lance Wise schwieg einen Moment, bevor er antwortete. »Ich habe Otis gesagt, die Clubs würden nicht mehr genug Geld einbringen, aber das ist nicht der wahre Grund. Mein Onkel wollte sich aus dem Geschäft mit den Spiellokalen und Nachtclubs zurückziehen. Ich möchte seine Pläne in seinem Sinn fortführen. Er hätte es so gewollt. Sie müssen wissen, mein Onkel hat nicht nur in Vegas und Reno diverse Lokalitäten besessen, sondern auch in New York, Dallas und Los Angeles. Es ist ein sehr lukrativer Geschäftszweig.«

Morton erinnerte sich an den Artikel aus dem *Business Journal*, den er gelesen hatte. »Die Geschichte von *WiseTec* hat mal mit der Produktion von Glückspielautomaten begonnen, bevor sich die Firma zur Produktion von Mikrochips und Überwachungstechnologien weiterentwickelt hat.«

»Sie haben sich gut informiert. Es stimmt, in den frühen Jahren war die Automatenproduktion die Hauptsparte der Firma. Natürlich lag es nahe, dann auch in das Glückspiel geschäft einzusteigen. Über die Jahre wurden die Geschäfte immer vielfältiger. Es blieb nicht allein beim Glücksspiel. Wir waren sehr erfolgreich. Doch vor ein paar Monaten bat mich mein Onkel zu einem Gespräch über die Zukunft des Unternehmens. Er eröffnete mir, dass er sich von allen Geschäftszweigen trennen wollte und den Fokus ganz auf *WiseTec* legen wollte.«

»Wie kam es zu dem plötzlichen Sinneswandel?«, fragte Morton.

Lance Wise zuckte mit den Schultern. »Das hat er mir nicht gesagt. Aber mein Onkel plante, den Forschungsbereich von *WiseTec* mit den Gewinnen aus den Verkäufen auszubauen. Zuerst war ich wütend, weil der gesamte Wett- und Spielbereich sowie die Nachtclubs seit einiger Zeit mein Verantwortungsbereich waren. Ich dachte, mein Onkel wollte mich absägen. Mir meine Zukunft in der Firma verbauen. Wir hatten einen ziemlichen Streit darüber. Doch dann erklärte er mir, was er vorhatte.«

Morton wartete gespannt, dass Mr Wise weitererzählte.

»Er plante, eine Tochtergesellschaft, *WiseTec Innovation*, zu gründen und einen Börsengang mit der neuen Gesellschaft anzustreben. Zusätzlich zu der Mikrochipproduktion sollten innovative Technologien im Bereich der Energiegewinnung und dem Umweltschutz entwickelt werden. Ein neues Verfahren für die Entfernung von Plastikmüll aus den Weltmeeren war nur eines der erklärten Ziele meines Onkels. Er stand schon in Verhandlungen mit mehreren südamerikanischen Staaten, um das Verfahren in den Küstengewässern zu testen. Er sagte mir, er wolle etwas Sinnvolles tun. Die Firma auf zukunftsträchtige Beine stellen, bevor er sich in den Ruhestand zurückzog und mir die Firma übergeben wollte. Ich sollte, nachdem die Glückspiel- und Nachtclubbranche verkauft war, ganz bei *WiseTec* einsteigen und mich in die Thematik einarbeiten. Er wollte, dass ich ein angesehener Geschäftsmann werde. Nicht einfach nur Lance, *die Natter*, ein ehemaliger Boxer.«

Morton nickte. »Ihr Onkel wollte Sie also fördern und Ihnen eine zukunftssichere und seriöse Firma übergeben.«

Lance Wise reagierte nicht auf Mortons Kommentar. Er wirkte auf einmal bedrückt. »Ein Hoch auf Onkelchen. Er war ein Guter!«

Morton hatte sich also doch nicht völlig in Mr Gideon J. Wise getäuscht und er war sich nach diesem Gespräch fast sicher, dass Lance Wise seinen Onkel nicht ermordet hatte. Der Verlust seines Onkels schien ihn tiefer zu treffen, als Morton bisher angenommen hatte.

Beide Männer saßen für einen Moment schweigend da und hingen ihren Gedanken nach.

Morton rieb sich die Nasenwurzel. Wenn Mr Wise seinen Onkel nicht ermordet hatte, wer blieb dann noch? Natürlich gab es keine Beweise, dass Lance es nicht getan hatte. Nur Mortons Instinkt sagte es ihm. Er erkannte kein wirkliches Motiv.

Lucy Lancaster hingegen hatte ein sehr gutes Motiv, wenn Gideon Wise tatsächlich schuld am Tod ihrer Mutter war. Was war da nur geschehen? Lucy könnte es gewesen sein, auch wenn sie ihre Unschuld beteuerte, denn immerhin hatte sie auf Gideon Wise eingestochen.

Miss Osborne war durch die Aussage von Miss Lancaster entlastet. Zumindest, wenn Patricia Osborne tatsächlich erst später in den Wahrsageraum gegangen war und nicht heimlich schon vorher, während Lucy in der Küche war. Egal wie Morton es drehte, es blieben immer Fragen offen. Wenn er aber davon ausging, dass keiner der drei Verdächtigen die Tat begangen hatte, blieben theoretisch immer noch alle übrigen Gäste des Hotels oder die Hotelangestellten als mögliche Täter übrig. Morton hatte das Gefühl, sich im Kreis zu drehen. Ob sich die drei ??? beim Aufklären ihrer Fälle auch manchmal so fühlten?

Für den Mord gab es allerdings ein sehr enges Zeitfenster. Es war unwahrscheinlich, dass irgendein Gast oder Mitarbeiter zufällig den Wahrsageraum betreten hatte. Der Täter musste genau gewusst haben, wann Mr Wise dort war. Durch die Aussagen von Miss Lancaster und Patricia Osborne konnte Morton einen ungefähren zeitlichen Ablauf rekonstruieren. Er erinnerte sich, dass der Kellner aus der Bar erzählt hatte, er hätte Mr Wise den Raum betreten sehen. Morton beschloss, den Kellner noch einmal nach der genauen Uhrzeit zu fragen. Er spürte förmlich, dass im zeitlichen Ablauf irgendwo die Lösung des Falls liegen musste.

»Woran denken Sie, Morton?«, fragte Lance Wise plötzlich in die Stille hinein.

»Ich denke darüber nach, wer Ihren Onkel ermordet haben könnte«, sagte Morton.

»Das tue ich auch schon die ganze Zeit«, antwortete Mr Wise. »Vielleicht war es tatsächlich diese Wahrsagerin.«

Morton schüttelte den Kopf. »Ich denke nicht. Haben Sie gehört, dass die Polizei Miss Lancaster vom Empfang verhaftet hat?«

»Nein, war Sie es denn?«

»Sie streitet es ab, aber hat mir gesagt, Ihr Onkel wäre schuld am Tod ihrer Mutter gewesen. Wissen Sie etwas darüber?«

Lance Wise zuckte mit den Schultern.

»Sagen Ihnen die Worte *Dancing Cat* vielleicht etwas?«, fragte Morton.

Mr Wise dachte nach. »Wenn ich mich richtig erinnere, besaß mein Onkel mal einen Nachtclub mit dem Namen. Den Club hat er allerdings vor Jahren verkauft. Gleich nach dem Feuer.«

»In dem Tanzclub hat es gebrannt?«, fragte Morton nach.

Mr Wise nickte. »Soweit ich mich erinnere, sind damals in dem Feuer auch zwei Barkeeper und eine der Tänzerinnen umgekommen. Der Clubmanager hatte die Fluchttüren im Personalbereich abgeschlossen. Mein Onkel war schockiert. Der Manager wurde damals für schuldig befunden und hat eine lange Haftstrafe erhalten.«

»Könnte es sein, dass Miss Lancasters Mutter jene Tänzerin war, die umgekommen ist?«, überlegte Morton laut.

»Aber das war nicht die Schuld meines Onkels!«, empörte sich Lance Wise.

»Dann sollten Sie mit Miss Lancaster darüber sprechen«, schlug Morton vor. »Ich weiß nicht, inwieweit sie über die Geschehnisse von damals informiert ist. Wir hatten nicht viel Zeit, darüber zu sprechen. Aber ich nehme an, sie wird der Polizei davon berichten. Dennoch behauptet sie, Mr Gideon Wise wäre bereits tot gewesen, als sie zu ihm ging.«

Lance rieb sich das stoppelige Kinn. »Sie sagen, es war vermutlich keine der beiden Damen. Wer könnte es denn sonst gewesen sein?«

»Jemanden zu erstechen, zeugt von einem Mord aus Leidenschaft. Jedenfalls steckt dahinter ein starkes Motiv. Denken Sie nicht? Zumindest wird das immer in den Kriminalromanen behauptet.«

»Möglich, aber ich wüsste wirklich nicht, wer solch ein Motiv gehabt haben könnte.«

»Vielleicht jemand aus dem Gentlemen Club?«, fragte Morton.

Mr Wise schüttelte den Kopf. »Mein Onkel wurde allseits respektiert. Natürlich gibt es Neider im Geschäftsleben, aber ich kann mir nicht vorstellen, dass ihn jemand umbringen wollte.«

»Hm.«

»Glauben Sie, dass es etwas mit dem Koffer zu tun hat?«, fragte Lance Wise.

»Ich kann mir nicht vorstellen, warum jemand Mr Wise wegen Ihres Koffers umbringen sollte«, antwortete Morton. »Das ergibt für mich keinen Sinn. Dann würde man doch eher Ihren Koffer stehlen, oder?«

»Nun ja, mein Onkel hat den gleichen Koffer. Er hat sie extra für uns anfertigen lassen. Von einer kleinen Ledermanufaktur. Es war ein Weihnachtsgeschenk«, erklärte Lance.

»Es gibt noch einen Koffer mit Stern?« Morton zog erstaunt eine Augenbraue hoch.

»Natürlich. Wir haben alle einen Koffer.«

»Sie alle?« Morton stöhnte innerlich auf. Wenn der ganze Gentlemen Club damit gemeint war, würde er den richtigen Koffer niemals finden. Jedenfalls nicht in den nächsten drei Tagen.

Lance Wise lachte. »Nein, natürlich nur wir drei. Mein Onkel, Otis und ich.«

Morton horchte auf. »Mr Travellion hat ebenfalls einen Aktenkoffer mit Stern?«

»Ja, aber er benutzt ihn fast nie. Ich glaube, er hat ihn auch dieses Mal nicht dabei. Während mein Onkel sich nie von seinem Koffer trennte.«

»Vielleicht war tatsächlich etwas im Koffer Ihres Onkels, das den Mörder interessiert hat. Hatte Ihr Onkel den Aktenkoffer bei der Kartenlegung dabei? Dann muss der Täter den Koffer mitgenommen haben«, schlussfolgerte Morton.

»Das klingt logisch. Leider können wir nicht im Zimmer meines Onkels nachzuschauen, ob der Aktenkoffer noch dort ist. Inspektor Kershaw hat seine Männer die Suite versiegeln und alle persönlichen Sachen auf das Polizeirevier bringen lassen.«

»Wenn der Koffer also nicht gestohlen wurde, befindet er sich jetzt bei der Polizei. Es könnte eine Weile dauern, bis Sie die Sachen Ihres Onkels zurückbekommen. Kannten Sie denn den Inhalt des Koffers?«

»Nein, natürlich nicht«, sagte Mr Wise.

»Bedauerlich«, bemerkte Morton. »Aber vielleicht können wir zumindest abklären, ob sich der Aktenkoffer bei den Sachen im Polizeirevier befindet.«

»Und wie wollen Sie das anstellen?«

»Ich kenne da jemanden bei der Polizei. Ich werde meinen Kontakt gleich morgen früh anrufen.« Morton lächelte leicht und dachte daran, dass er die Schuld von Detective Clarence noch ein wenig strapazieren müsste.

KAPITEL 12

Detective Clarence war überhaupt nicht begeistert, als Morton ihn erneut anrief und sich nach dem Aktenkoffer erkundigte. »Ich darf Ihnen doch nichts über den Mordfall sagen«, flüsterte er ins Telefon. Im Hintergrund hörte Morton fremde Stimmen. »Allein schon, dass ich mit Ihnen rede, bringt mich in Teufels Küche. Die Kollegen könnten mich hören.«

»Ich möchte Ihnen wirklich keine Umstände bereiten, Detective«, beteuerte Morton. »Aber der Koffer könnte jener sein, nach dem Inspektor Cotta gesucht hat, als er vergiftet wurde.«

»Sie meinen, beide Fälle hängen zusammen?«, fragte der Detective erstaunt.

»Es ist nicht auszuschließen.«

»Also gut. Der Aktenkoffer ist bei den Beweisstücken.«

Mortons Herz machte einen kleinen Hüpfer. »Können Sie mir sagen, was drin ist?«

»Leider nein. Er ist mit einem Zahlencode verschlossen. Wir arbeiten dran. Zunächst brauchen wir einen Beschluss, um den Koffer öffnen zu dürfen. Dann sehen wir weiter.«

»Sie sollten beim Öffnen vorsichtig sein«, riet Morton.

»Meinen Sie, die Substanz, die Cotta vergiftet hat, befindet sich in dem Koffer?«, fragte der Detective alarmiert.

»Ich weiß nicht, was sich in dem Koffer befindet oder wie der Inspektor vergiftet wurde, aber es wäre doch möglich, dass es sich um irgendeinen Schutzmechanismus handelt«, sagte Morton. Diese Möglichkeit hatte er beim Öffnen des Koffers von Lance Wise nicht bedacht. Morton ärgerte sich darüber, dass er so leichtsinnig gewesen war.

»Ich werde bei Mr Wise nachfragen, ob sein Onkel womöglich den Koffer besonders gesichert hat. Aber ich denke nicht, dass er es weiß. Er kennt weder den Zahlencode des Schlosses noch weiß er, was sich in dem Aktenkoffer befindet. Ich war so frei, mich danach zu erkundigen«, gestand Morton ein.

»Sie sind ja eifrig. Wollen Sie sich um eine Stelle bei der Polizei bewerben?«

»Nein, das Ermitteln ist mir auf die Dauer zu nervenaufreibend. Ich bleibe meinem Rolls-Royce treu«, sagte Morton und dachte dabei an seinen Sprung vom Balkon. »Aber vielleicht können Sie mir sagen, wie es Miss Lancaster geht?«

Die Stimme des Detectives wurde noch leiser. »Es geht ihr den Umständen entsprechend. Sie ist mehrfach verhört worden, bleibt aber bei ihrer Geschichte, dass sie auf Mr Wise eingestochen, ihn damit aber nicht ermordet hat. Der Rechtsmediziner hat zumindest bestätigt, dass es zwei Stiche waren. Einer davon vermutlich post mortem. Also nach dem Tod.«

»Hat sie Ihnen auch erzählt, warum sie es getan hat?«, fragte Morton.

»Also ...«, begann Detective Clarence.

»Clarence, wo stecken Sie schon wieder?«, rief die Stimme von Inspektor Kershaw im Hintergrund.

»Ich muss auflegen«, sagte der Detective hastig und beendete das Telefongespräch.

Morton hatte das Gespräch mit Detective Clarence zur Sicherheit wieder vom Autotelefon geführt. Die alte Telefonanlage im Hotel gestattete nur Telefonate zwischen den Zimmern und zur Rezeption. Den Telefonapparat am Empfang wollte Morton für dieses vertrauliche Gespräch nicht benutzen. Er hätte dieses eine Mal tatsächlich sein Mobiltelefon mitnehmen sollen. Morton saß auf dem Parkplatz der Ranch in seinem Rolls-Royce und fuhr mit der Hand über das Lenkrad.

Zumindest ein paar Informationen hatte Morton in diesem Gespräch erhalten. Die Theorie, dass der Mörder den Aktenkoffer gestohlen haben könnte, hatte sich nicht bestätigt. Leider wusste er immer noch nicht, ob der Koffer, der nun bei der Polizei lag, der war, den der Inspektor gesucht hatte. Aber es gab schließlich noch einen dritten Koffer. Ob Mr Travellion ihn tatsächlich nicht dabeihatte?

Morton wusste darauf keine Antwort und wäre nur zu gerne einfach losgefahren. Weg von den schrecklichen Ereignissen der letzten Tage. Er würde durch Rocky Beach fahren und entlang der Küstenstraße in Richtung Los Angeles bis zu einem Parkplatz an der Steilküste. Dort hatte man einen wundervollen Blick auf den blauen Ozean. Man konnte seine Gedanken ordnen. Morton war immer schon ein recht zurückhaltender Mensch gewesen. Sein Temperament passte zu seinem Beruf. Ausgleich bot ihm der Sport und das Schachspiel. Doch diese Zurückhaltung machte ihn auch zu jemandem, der zu viel nachdachte. Immer wieder ging er in Gedanken die Ereignisse der letzten Tage durch. Die Fakten mischten sich mit seinen Vermutungen, aber er hatte nicht das Gefühl voranzukommen.

Nur ungern hatte Morton den Rolls-Royce verlassen, doch es blieb ihm nichts anderes übrig. Er hatte Cotta sein Ehrenwort gegeben. Er musste zur *Ranch zum Roten Löwen* zurück. Er würde mit Mr Wise besprechen, welche Fahrten heute anstanden. Vielleicht bot sich später die Gelegenheit, beim Memorial Hospital vorbeizufahren. Schwester Maria hatte sich immer noch nicht mit Neuigkeiten gemeldet. Morton hoffte inständig, dass es dem Inspektor gut ging und er auf dem Weg der Besserung war.

Als er die Hotelhalle betrat, sah er Miss Osborne, die auf den Empfangschef einredete. »Aber er muss hier sein!«

»Es tut mir leid. Er hat sich nicht bei mir abgemeldet. Wenn er nicht auf seinem Zimmer ist, kann ich Ihnen nicht helfen, Madam.«

»Was ist das für ein schreckliches Hotel! Ein Mann verschwindet und Sie wissen nicht, wo er steckt?« Miss Osborne zupfte nervös an ihrem Seidenschal.

Morton trat neben Patricia Osborne an den Empfang. »Wer ist verschwunden?«

»Edward! Da sind Sie ja! Ich habe schon die halbe *Ranch* nach Ihnen abgesucht«, rief sie aufgeregt. »Sie müssen unbedingt mitkommen.« Miss Osborne packte Morton am Arm und zog den verblüfften Chauffeur mit sich fort. Der Empfangschef sah ihnen kopfschüttelnd nach.

»Was ist passiert?«, fragte Morton verwundert.

»Ich habe ihn telefonieren gehört! Es ging um einen Koffer. Wir müssen ihm folgen«, sprudelte es förmlich aus Patricia Osborne heraus, während sie Morton mit in Richtung des Aufzugs hinter der Bar zog.

»Nun mal der Reihe nach. Wer hat telefoniert?«

»Dieser kleine Mann. Der nach dem Mord zusammen mit Mr Wise in die Lobby kam.«

»Mr Travellion?«

»Genau!« Miss Osborne nickte heftig. »Ich war in der Tiefgarage, um noch ein paar Aufsteller für den Kongress aus dem Wagen zu holen, als er in die Garage kam. Er hat mich nicht gesehen und ich versteckte mich im Schatten eines Pfeilers. Sein Handy klingelte. Er sprach laut in sein Telefon. Der Empfang in der Tiefgarage ist nicht gut.«

»Ich wusste nicht einmal, dass es eine Tiefgarage gibt«, murmelte Morton.

»Doch, die gibt es. Es sind nur ein paar Parkplätze für den Anlieferverkehr und ein paar VIP-Parkplätze. Mr Ember parkt dort auch. Man kommt nur mit dem hinteren Fahrstuhl dorthin.«

»Berichten Sie weiter, Miss Osborne«, forderte Morton sie auf.

»Wie war das noch? Er sagte, er brauche schnell einen

neuen Koffer, weil es sonst zu gefährlich ist. Ganz genau habe ich es nicht verstanden. Und dass man sich treffen müsse. Dann hörte er zu und war sehr ärgerlich, als er antwortete. Soweit ich mich erinnere, sagte er etwas wie: Also gut, in zwei Stunden. Danach ging er wieder zurück ins Hotel. Seitdem suche ich Sie.«

»Das ist höchst interessant«, bemerkte Morton. »Wie viel Zeit ist seit dem Gespräch vergangen?«

»Etwas über eine Stunde.«

»Sie haben richtig reagiert, mich zu informieren.«

»Nicht wahr? Wir müssen uns auf die Lauer legen und Mr Travellion folgen, sobald er in die Garage kommt.«

»Aber womit? Der Rolls-Royce steht auf dem Außenparkplatz. Ich kann den Wagen nicht schnell genug holen, wenn Mr Travellion mit seinem Wagen die Garage verlässt. Und vor dem Hotel parken …«

»… wäre viel zu auffällig«, beendete Patricia Osborne den Gedanken. »Ich habe die Schlüssel von Sunshines Auto. Damit können wir ihm unauffällig folgen.«

Miss Osborne reichte Morton einen Schlüssel. Sie fuhren mit dem Aufzug hinunter in die Garage und steuerten auf eine dunkle Parknische zu, in der ein alter VW Bus stand, der grellbunt angemalt war.

Morton seufzte. »Das ist nicht Ihr Ernst? Unter unauffällig verstehe ich etwas anderes.«

»Sie müssen positiver denken, Edward! Ich werde Ihnen ein Kräutersträußchen für die Einstecktasche binden.«

Morton hob abwehrend die Hände. »Nein! Bitte nicht. Es wird sicherlich auch ohne Kräuter gehen.«

Miss Osborne lächelte mild. »Na also!«

Sie stiegen in den VW-Bus und warteten. »Je nachdem, wie weit der Treffpunkt vom Hotel entfernt liegt, wird Mr Travellion bald auftauchen müssen.« Kaum hatte Morton diesen Gedanken ausgesprochen, als sich auch schon die Aufzugtür öffnete. Der Anwalt ging auf einen feuerroten Ferrari zu. Er lebte tatsächlich auf recht großem Fuße, dachte Morton bei sich.

»Einen Koffer hat er nicht dabei«, sagte Miss Osborne enttäuscht.

»Abwarten. Vielleicht liegt der bereits im Auto. Wir folgen ihm jetzt erst mal.«

Mr Travellion fuhr schwungvoll aus der Garage und Morton, der am Steuer des alten VW-Busses saß, ließ ebenfalls den Motor an. Eine schwarze Abgaswolke hüllte den Bus ein und mit einem Rucken setzte er sich in Bewegung.

»Sie müssen schneller fahren! Mr Travellion ist schon am Ende der Hotelauffahrt. Jetzt biegt er ab!«

»Immer mit der Ruhe. Das ist nicht meine erste Verfolgungsjagd. Wenn wir zu dicht auffahren, bemerkt er uns zu schnell.« Morton war ganz in seinem Element.

»Da, die Ampel wird gelb.« Patricia Osborne hob die Hand vor den Mund. »Ich kann gar nicht hinsehen. Drücken Sie aufs Gas, Edward!«

»Ich versuche es ja! Aber dieses altehrwürdige Vehikel will nicht so recht in Fahrt kommen.« Morton drückte das Gaspedal bis auf den rostigen Boden durch und fuhr über die rote Ampel. Ein anderer Autofahrer hupte laut. Morton warf einen Blick in den Rückspiegel.

»Er entkommt uns!«

»Ich tue, was ich kann«, sage Morton und bemerkte, dass der Ferrari in der Tat schon einen gehörigen Vorsprung hatte. Er hoffte, dass der Verkehr im Stadtzentrum Mr Travellion ausbremsen würde.

Mr Travellion steuerte seinen Wagen in Richtung Klein Tokio, einem Stadtteil im Nordwesten von Rocky Beach. Sie folgten dem Anwalt durch die gepflegten Straßen bis zu einem alten Haus am nördlichen Rand des Viertels. Hier parkte Mr Travellion den Ferrari in einer Auffahrt. Das Haus war von einer hohen Mauer umgeben und im Gegensatz zu den anderen Häusern des Stadtteils eher heruntergekommen. Der Vorgarten glich einer öden Wüste und die Farbe blätterte von der Haustür. Morton parkte den Wagen in sicherem Abstand.

»Nicht unbedingt die Gegend, die zu diesem Schnösel passt«, bemerkte Miss Osborne treffend.

Mr Travellion stieg aus dem Wagen und steuerte auf die Haustür zu. Sie wurde nach kurzer Zeit geöffnet und er ging hinein.

»Was machen wir jetzt? Warten wir, bis er wieder rauskommt?«, fragte Miss Osborne.

»Das wäre vernünftig.«

»Aber dann bekommen wir überhaupt nicht mit, was drinnen gesprochen wird.«

»Das ist korrekt. Deshalb warten Sie hier. Wir müssen vielleicht schnell verschwinden«, sagte Morton.

»Was haben Sie vor?«

»Ich werde mich auf dem Grundstück ein wenig umsehen.« Morton stieg aus dem VW-Bus und ging in weitem Bogen um das Haus herum. Er hoffte, von hinten in den Garten zu gelangen, denn über die Auffahrt würde sein Näherkommen sofort bemerkt werden. Doch das Grundstück war komplett von der Mauer umgeben. Er wollte schon aufgeben und zum Wagen zurückgehen, als er ein paar Mülltonnen entdeckte. Die könnte er als Kletterhilfe nutzen. Er stieg auf die Tonne und spähte über den Rand der Mauer. Es war niemand zu sehen. Morton zog sich hoch und hockte für einen Moment auf dem Mauerrand. Dann hielt er sich an der Mauer fest und ließ sich hängen. Der Abstand zum Boden war nun nicht mehr allzu weit. Seine Größe half ihm beim Überwinden solcher Hindernisse. Leise ging er auf das Haus zu. Die Fensterläden an der Rückseite waren geschlossen. Er drückte sich an die Wand und schlich um das Haus herum. Morton erreichte ein Fenster, das einen Spaltbreit geöffnet war. Er blieb stehen und lauschte. Zwei Männer unterhielten sich. Morton erkannte Mr Travellions Stimme. »Das ist der Koffer? Und der ist auch sicher?«

»Absolut. Ich habe nur die beste Ware.«

»Ich möchte kein Risiko eingehen«, sagte der Anwalt.

»Damit können Sie sogar Atommüll transportieren.« Der andere Mann lachte. »Nein, Spaß beiseite. Aber der Koffer ist mit einer zweifachen Hülle und einem Auslaufschutz für Flüssigkeiten gesichert. Da kommt nichts durch.«

»Wenn Sie es sagen.«

Morton ging noch einen Schritt näher an das Fenster heran. Er wollte einen Blick auf diesen ominösen Koffer werfen. Dabei trat er versehentlich auf einige Glasscherben.

Das Glas knirschte unter seinen Schuhen. Morton erstarrte vor Schreck.

»Moment mal. Da draußen ist jemand.«

»Ein kluger Mann weiß, wann es Zeit ist zu gehen«, murmelte Morton und rannte, so schnell er konnte, über die Auffahrt zur Straße.

Im Fenster hinter ihm tauchte ein bulliger Mann mit einer Schrotflinte auf und schoss in die Luft.

»Dreckige Diebe! Verzieht euch!«, rief er. »Die Gegend wird auch immer mieser!«

Morton erreichte unbeschadet den VW-Bus und schwang sich auf den Fahrersitz. »Wir sollten von hier verschwinden«, unterrichtete er Miss Osborne und ließ den Motor an.

»Wollen wir Mr Travellion nicht weiter beschatten?«

»Ich habe genug gehört«, sagte Morton.

»Und was genau haben Sie gehört?«

»Er hat sich eine Art Schutzkoffer besorgt.«

Miss Osborne machte große Augen. »Schutz für was?«

»Wohl eher *gegen* etwas«, bemerkte Morton trocken. »Ich habe da einen ganz bestimmten Verdacht. Nur die Hintergründe erschließen sich mir noch nicht.« Morton dachte an die Vergiftung des Inspektors.

»Haben Sie etwas dagegen, wenn wir einen kleinen Abstecher zum Memorial Hospital machen?«

Dagegen hatte Miss Osborne nichts einzuwenden und Morton gab Gas.

KAPITEL 13

Dieses Mal hatte Miss Osborne darauf bestanden, Morton zu begleiten und nicht im Wagen zu warten. Nach einem kurzen Wortgefecht hatte sich Morton geschlagen gegeben und beide hatten das Krankenhaus betreten. An der Anmeldung hatten sie erfahren, dass man den Inspektor mittlerweile von der Intensivstation auf die Normalstation verlegt hatte. Morton war erleichtert, als ihm Schwester Maria davon berichtete.

»Können wir mit dem Inspektor sprechen?«

Maria Hernandez sah die beiden streng an. »Aber nur kurz. Der Patient braucht noch viel Ruhe.«

»Wir werden ihn nicht aufregen. Versprochen!«

Die Schwester schickte Morton und Miss Osborne zu einem Einzelzimmer am Ende des Ganges. Auf ihr Klopfen gab es keine Antwort und so öffnete Morton die Tür vorsichtig. Der Inspektor lag mit geschlossenen Augen in seinem Bett. Neben ihm stand ein Monitor, der ein regelmäßiges Piepen von sich gab und Cottas Atemfrequenz, den Pulsschlag und die Herztöne aufzeichnete. Der Inspektor atmete leise. Unter seinen Augen lagen dunkle Schatten und seine Wangen waren eingefallen. Morton bedeutete Miss Osborne, sich auf einen Stuhl neben der Tür zu setzen, und näherte sich dem Krankenbett.

»Hallo, Inspektor, erschrecken Sie nicht. Ich bin es, Morton.«

Cotta öffnete langsam die Augen. Morton lächelte ihn an. »Wie geht es Ihnen?«

»Hervorragend! Ich lebe noch«, antwortete der Inspektor mit schwacher Stimme.

»Sie kommen bestimmt bald wieder auf die Beine«, sagte Patricia Osborne von ihrem Platz aus. »Ich lasse meine Freundin Sunshine eine heilende Kräutermischung für Sie zusammenstellen.«

Cotta zog fragend eine Augenbraue hoch und sah zu Morton hinüber.

»Ich erkläre Ihnen alles später, Inspektor. Aber jetzt habe ich einige dringende Fragen den Aktenkoffer betreffend.«

Der Inspektor zog die Augenbrauen zusammen, als müsste er sich an etwas erinnern, was vor langer Zeit geschehen war.

»Was ist mit dem Koffer?«

»Sie hatten mich doch gebeten, danach zu suchen. Erinnern Sie sich?«

Inspektor Cotta wirkte schockiert. »Das habe ich getan? Ich erinnere mich kaum daran. Wie unverantwortlich von mir. Allerdings wusste ich zu dem Zeitpunkt auch noch nicht, was ich da gefunden hatte.«

»Und was war es?«

»Ich hatte einen Tipp von einem Informanten bekommen. Er gab mir Hinweise auf ein Verbrechen und den Zahlencode für einen Aktenkoffer. Aber ich kannte keine weiteren Details, sonst wäre ich nie so unvorsichtig gewesen. Ich fand den Koffer in einem Gepäckaufbewahrungsraum und sah hinein.«

»Und was war drin?« Miss Osborne beugte sich neugierig vor. Auch Morton wollte endlich wissen, womit sie es hier zu tun hatten.

»Der Koffer war innen ausgepolstert mit zwei Aussparungen. Darin waren zwei Glasbehälter mit einer Flüssigkeit. Einer davon war nicht ganz voll. Dann verschwimmt meine Erinnerung.«

Miss Osborne atmete scharf ein. »Das war das Gift, nicht wahr?«

»Das steht zu vermuten«, bestätigte Morton. »Was passierte dann, Inspektor?«

»Ich kann mich nur noch daran erinnern, dass mich jemand gepackt und den Flur entlanggezogen hat. Dann kam ich in der dunklen Ecke wieder zu mir und Sie waren da. Danach weiß ich nichts mehr«, berichtete Cotta.

»Sie wurden bewusstlos und der Notarzt hat Sie ins Krankenhaus gebracht. Aber vorher sagten Sie noch zu mir, ich soll einen Aktenkoffer mit einem Stern suchen. Ich musste es Ihnen versprechen.«

»Es tut mir leid, dass ich Sie in Gefahr gebracht habe. Aber zu dem Zeitpunkt konnte ich wohl nicht mehr klar denken und die logische Schlussfolgerung von den Phiolen zu meinem Zustand ziehen. Ich wollte nur das angekündigte Verbrechen verhindern. Der Koffer darf auf keinen Fall geöffnet werden. Er könnte weitere Menschen in Lebensgefahr bringen.«

»Machen Sie sich keine Sorgen, Inspektor. Wir werden den Koffer nicht öffnen. Aber Sie haben recht, das Gift muss in den Glasbehältern gewesen sein. Einer davon ist vermutlich undicht.«

»Haben Sie den Koffer denn gefunden?«, fragte Cotta beunruhigt.

»Nun, es gibt wohl drei gleiche Aktenkoffer«, antwortete Morton.

»Drei!«, entfuhr es Inspektor Cotta. Die Pulsfrequenz auf dem Monitor wurde schneller.

»Bitte regen Sie sich nicht auf. In einem Koffer sind nur Papiere. Ein zweiter Koffer gehörte einem Mann, der vor zwei Tagen in der *Ranch* ermordet wurde. Der Koffer ist jetzt bei der Polizei.«

»Wir müssen die Kollegen warnen!«

»Darum kümmere ich mich«, versprach Morton. Er würde Detective Clarence anrufen und ihn über die neuen Ereignisse unterrichten. »Allerdings denke ich, dass es sich beim Inhalt des zweiten Koffers ebenfalls nur um harmlose Unterlagen handeln wird. Ich habe da einen anderen Verdacht. Es gibt jemanden, der auch einen dieser drei Aktenkoffer besitzen soll. Ich habe ihn nie mit dem Koffer gesehen, aber Miss Osborne und ich haben ihn beobachtet. Er hat sich eine Art Schutzkoffer für den Transport von gefährlichen Substanzen besorgt.«

»Genau, wir sind dem Täter schon auf der Spur!«, mischte sich Miss Osborne erneut ein. Nervös zupfte sie ihren purpurfarbenen Seidenschal zurecht.

»Das ist ein guter Hinweis, aber leider kein Beweis«, warf Cotta ein.

»Wissen Sie, wer Sie hinter die Pflanze im Treppenhaus gelegt hat, Inspektor? Ihre Zeugenaussage wäre ein Beweis.«

»Nein, alles war verschwommen und die Person hat auch nicht mit mir gesprochen.«

Morton überlegte kurz. »Wissen die Ärzte inzwischen, was Ihre Vergiftung hervorgerufen hat?«

»Dr. Miller sagte mir, es sei vermutlich Sarin gewesen. Ein Mittel, das auch als biologischer Kampfstoff eingesetzt wird. Man kann es über die Atemwege oder die Haut aufnehmen, hat Dr. Miller mir erklärt. Man hat mir Atropin als Gegengift gegeben. Ich habe großes Glück, überhaupt noch zu leben.«

Miss Osborne hatte vor Schreck den Atem angehalten. »Aber warum trägt jemand so etwas Gefährliches mit sich herum?«

»Vermutlich, um es zu verkaufen«, sagte Morton und musste sich zusammenreißen, seinen aufkommenden Zorn in den Griff zu bekommen. Wenn dieser Stoff aus der Phiole entwich, waren alle Personen, die sich in der Nähe des Koffers aufhielten, in Lebensgefahr. »Das Treffen des Gentlemen Clubs scheint dafür die beste Plattform zu sein. Mir drängte sich schon relativ früh der Eindruck auf, dass viele dieser Gentlemen eher Ganoven sind und ihre Geschäfte nicht lupenrein. Wir müssen schnellstmöglich diesen Koffer finden.«

»Nicht auszudenken, wenn er irgendwo in der *Ranch* herumsteht und ihn jemand öffnet«, fürchtete Miss Osborne.

»Das wird hoffentlich nicht passieren, denn dazu benötigt man einen Code«, versuchte der Inspektor, sie zu beruhigen.

»Nun, oder einen *Chirurgen*. Den Koffer von Mr Wise hat er in zwei Minuten geöffnet.«

Inspektor Cotta sah etwas irritiert zwischen Morton und Miss Osborne hin und her.

»Mir wäre es lieber, wenn Sie den Rest der Ermittlungen der Polizei überlassen würden. Ich werde die Kollegen informieren«, sagte Cotta.

»Kurz vor dem Finale wollen Sie uns ausbooten? So haben wir nicht gewettet!«, empörte sich Patricia Osborne.

»Miss Osborne hat recht. Wir sind fast am Ziel, ohne dass jemand von Ihrem eigenmächtigen Undercover-Einsatz erfahren hat. Also nur Detective Clarence, aber er hilft uns. Es wäre doch völlig unnötig, nachdem Sie die Vergiftung überlebt haben, suspendiert zu werden, nur weil Sie Inspektor Kershaw informieren«, argumentierte Morton.

»Das ist unverantwortlich und gefährlich!«, grummelte Cotta, schon fast wieder ganz der Alte. »Ich komme mit. Sie werden meine Hilfe brauchen.«

»Aber Sie sind noch gar nicht gesund, Inspektor.«

»Ich werde mich selbst entlassen. Ausruhen kann ich mich für den Rest meines Urlaubs, nachdem wir diesen Gangster festgenommen haben.«

Morton nickte. »Ich habe einen Plan. Wir brauchen nur die Hilfe ein paar ehrenwerter Gentlemen.«

Zu dritt verließen sie das Krankenhaus und Cotta rief Detective Clarence von seinem Mobiltelefon aus an. Dann fuhren sie zum Botanischen Garten, wo sie sich mit Detective Clarence treffen wollten, um den Plan in aller Ruhe zu besprechen. Hier fand sich auch an besucherreichen Tagen stets ein Eckchen, in dem man sich ungestört unterhalten konnte.

Der Detective staunte nicht schlecht, dass Inspektor Cotta sich selbst aus dem Krankenhaus entlassen hatte, nachdem sie ihm berichtet hatten, was ihm widerfahren war.

Morton erklärte ihnen seine Idee. Die Aktion sollte bei der Kunstversteigerung des Gentlemen Clubs stattfinden.

»Detective Clarence, es wäre hilfreich, wenn Sie ein paar erfahrene Kollegen organisieren könnten, die den Koffer in Gewahrsam nehmen, sobald er gefunden wurde. Er darf nicht ohne entsprechende Sicherheitsmaßnahmen geöffnet werden. Vermutlich werden wir die Bundesbehörden einschalten müssen«, informierte Cotta seinen jungen Kollegen.

»Ich werde alles vorbereiten und sagen, ich hätte einen Tipp bekommen.« Detective Clarence machte sich eifrig Notizen.

»Dazu müssen wir den Aktenkoffer aber erst einmal finden«, gab Miss Osborne zu bedenken.

»Wir gehen davon aus, dass Mr Travellion weiß, dass eine

der Glasphiolen undicht ist. Deswegen hat er den Sicherheitskoffer besorgt. Er wird also den geschlossenen Aktenkoffer dort hineinlegen und diesen an einem Ort deponieren, der nicht öffentlich zugänglich ist. Er wird auch darauf achten, sich nicht selbst zu gefährden. Deswegen denke ich nicht, dass er den Koffer in seinem Zimmer aufbewahrt«, schlussfolgerte Morton.

»Das wäre auch sehr unklug«, bestätigte Miss Osborne.

»Was vermuten Sie?«, fragte Detective Clarence und sah Morton neugierig an.

»Der Kofferraum seines Wagens. Er ist nur ihm zugänglich und in der Tiefgarage relativ sicher. Alle anderen Räumlichkeiten des Hotels könnten durch Hotelpersonal betreten und der Koffer könnte entdeckt werden«, sagte Morton.

»Das wäre ein zu großes Risiko«, pflichtete der Detective bei. »Aber wir können nicht einfach auf gut Glück den Kofferraum seines Wagens aufbrechen und nachsehen, ob der Koffer wirklich dort liegt. Das könnte rechtliche Probleme geben.«

»Aber nennt man das nicht Gefahr im Verzug?«, fragte Miss Osborne.

»Öffnen können wir ihn vielleicht nicht«, sagte Morton. »Aber was wäre, wenn der Kofferraum zufällig offen wäre?«

»Was haben Sie vor?«, erkundigte sich Inspektor Cotta misstrauisch.

Mortons Gesicht zierte ein feines Lächeln. »Ich kenne da jemanden, der so ein Schloss in wenigen Minuten öffnet und sicherlich mal ganz unverbindlich einen Blick in den Kofferraum für uns wirft.«

»Der *Chirurg*! Sie sind wirklich ein kluges Köpfchen.«
Patricia Osborne strahlte.

»Meinetwegen«, grummelte Cotta. »Aber wir wissen davon offiziell nichts.«

»Natürlich nicht«, beteuerte Morton. »Lassen Sie es meine Sorge sein. Wenn wir gleich zur *Ranch* zurückfahren, werde ich außerdem ein Gespräch mit Mr Wise führen. Wir brauchen seine Hilfe, um an der Versteigerung teilzunehmen, und wir benötigen noch ein wichtiges Accessoire.«

»Und was soll ich tun?«, fragte Patricia Osborne.

»Ich möchte Sie bitten, im VW-Bus Stellung zu beziehen und uns telefonisch zu warnen, falls sich Mr Travellion vorzeitig absetzen will. Vielleicht kann Detective Clarence Ihnen seine Telefonnummer geben?«

»Das mache ich gerne.« Der Detective schrieb Miss Osborne seine Handynummer auf.

»Da wäre noch etwas«, wandte sich Cotta an den Detective. »Wir werden Ihre Unterstützung bei der Verhaftung benötigen. So wie ich Morton verstanden habe, werde ich an der Versteigerung als Gast von Mr Wise teilnehmen, aber es könnte sein, dass wir mit Gegenwehr zu rechnen haben.«

»Aber so können Sie nicht zur Versteigerung gehen«, wandte Morton ein. »Jeder nur halbwegs intelligente Gauner würde Sie erkennen, Inspektor. Sie werden eine gute Verkleidung benötigen.«

»Machen Sie sich keine Sorgen. Ich kenne da genau den richtigen Mann«, versicherte Cotta. »Bis die Veranstaltung losgeht, bin ich bereit.«

154

»Dann sollten wir keine weitere Zeit verlieren«, erklärte Morton.

Inspektor Cotta erhob sich. Detective Clarence nahm ihn in seinem Wagen mit, während Miss Osborne und Morton sich wieder in die Höhle des Löwen begaben.

Miss Osborne besorgte sich etwas zu essen und eine Flasche Wasser und quartierte sich im VW-Bus in der Tiefgarage ein, während Morton sich auf den Weg zu Mr Wise machte. Er durchquerte die Bar und traf auf den Kellner, der auch an diesem Tag wieder im Dienst war. Morton erinnerte sich daran, dass er ihn noch etwas fragen wollte.

»Entschuldigen Sie, haben Sie einen Moment?«

Der Kellner sah sich gestresst um. Alle Tische auf der Terrasse waren besetzt, aber es schien niemand einen Wunsch zu haben. Er nickte. »Ja, aber machen Sie es kurz.«

»Sie haben mir doch neulich berichtet, dass Sie gesehen haben, wie Miss Lancaster am Tag des Mordes in den Wahrsageraum ging.«

»Ja, das stimmt.«

»Und Sie berichteten mir ebenfalls, dass Sie davor gesehen haben, wie der Gast den Raum betreten hat. Ist das korrekt?«, fragte Morton.

»Worauf wollen Sie hinaus?«

»Wissen Sie noch, wie spät es da genau war?«

»Nein, ich habe nicht auf meine Uhr geschaut. Ein paar Minuten bevor Miss Lancaster den Raum betreten hat, schätze ich. Aber mit Sicherheit kann ich es Ihnen nicht mehr sagen.«

»Bedauerlich. Und sind Sie sich wirklich sicher, dass der Herr, der den Wahrsageraum betreten hat, Gideon Wise war?«

Der Kellner schüttelte den Kopf. »Ich bin davon ausgegangen, weil er danach tot im Raum gefunden wurde.«

»Können Sie sich an das Erscheinungsbild des Mannes erinnern?«, hakte Morton nach.

»Wie der Mann aussah, meinen Sie?«

Morton nickte.

»Genau weiß ich es nicht mehr. Es ging auch alles so schnell, wissen Sie.«

»Aber an irgendetwas müssen Sie sich doch erinnern? War der Mann groß oder klein? Dick oder dünn? Was trug er für Kleidung?«

Der Kellner überlegte. »Er trug einen Anzug. Wie alle Gentlemen.«

Morton seufzte innerlich genervt. Mr Gideon Wise hatte auch einen Anzug getragen. So kam er nicht weiter. »Hatte er eher dunkles Haar oder helles?«

»Was Sie alles wissen wollen.« Der Kellner kratzte sich am Kopf.

»Bitte denken Sie nach. Es ist ungemein wichtig.«

»Also, ich denke, dunkle Haare hatte er nicht und er war eher klein. Jedenfalls deutlich kleiner als Sie, Sir.«

»Ist das alles?«

»Tut mir leid, Sir. An mehr erinnere ich mich wirklich nicht. Wir haben hier jeden Tag so viele Gäste.«

»Schon in Ordnung. Sie haben mir sehr geholfen.«

»Immer wieder gerne, Sir.«

Wenn der Kellner sich nicht völlig geirrt hatte, hatte er nicht Mr Wise gesehen, der den Wahrsageraum betreten hatte. Die Beschreibung passte aufgrund der Größe viel mehr auf Mr Travellion. Ein weiteres Puzzleteil fügte sich an seinen Platz.

Morton ging zur Suite von Mr Wise. Er klopfte an der Tür. Lance Wise öffnete ihm selbst. »Morton, wo haben Sie denn den ganzen Vormittag gesteckt? Ich dachte schon, Otis ist mit Ihnen weggefahren. Er war auch nirgendwo zu finden.«

»Ich erkläre es Ihnen gerne, Sir. Außerdem möchte ich Sie um Hilfe und um Ihren Aktenkoffer bitten.«

Einige Zeit später fuhr Morton zusammen mit Bela, dem Chirurgen, im Aufzug in die Tiefgarage. Patricia Osborne hatte sich nur ungern vom Aufzugschlüssel getrennt, aber da sie sowieso in der Garage auf Beobachtungsposten war, benötigte sie den Schlüssel nicht.

»Danke, dass Sie uns helfen«, sagte Morton zum *Chirurgen*.

»Selbstverständlich. Mein Boss verachtet den Handel mit Biowaffen. Er macht nur ehrbare Geschäfte.«

Natürlich, dachte Morton sich, behielt aber eine entsprechende Bemerkung für sich.

Als die Aufzugtüren sich öffneten, sah sich Bela professionell um. Die Luft war rein. Niemand war zu sehen und der feuerrote Ferrari stand auch noch an seinem Platz. Morton warf dem VW-Bus in der dunklen Parklücke gegenüber einen Blick zu, aber Miss Osborne machte ihre Sache gut.

Sie blieb auch im Bus, als sich Bela daranmachte, den Kofferraum des Ferraris zu öffnen. Morton stand Schmiere. Das hätte sich der redliche Chauffeur auch niemals träumen lassen. Aber hier handelte es sich schließlich um einen Notfall. Es durften nicht noch mehr Menschen durch das giftige Sarin in Gefahr geraten. Bela fluchte leise, weil das Schloss nicht so wollte wie er.

Langsam wurde Morton nervös. »Bitte beeilen Sie sich.«

»Ich versuche es ja«, knurrte der *Chirurg*.

Plötzlich setzte sich der Fahrstuhl in Gang. Die Leuchtanzeige blieb auf dem ersten Stockwerk stehen. Wenig später fuhr der Fahrstuhl wieder nach unten zur Tiefgarage.

»Kommen Sie, Bela, wir müssen uns verstecken. Es darf uns hier niemand sehen.«

»Nur einen Moment noch.« Mit einem leisen Geräusch sprang der Kofferraum auf. Darin lag tatsächlich ein großer silberner Koffer mit einem Warnschild darauf. Ohne groß nachzudenken, griff Morton sich den Koffer und zog den *Chirurgen* mit sich. Miss Osborne, die alles mitangesehen hatte, zog die Schiebetür des VW-Buses auf. Sie sprangen in den Bus und zogen die Tür im letzten Moment zu, bevor sich der Fahrstuhl öffnete. Sie hockten auf dem Boden des Busses im hinteren Bereich, damit man sie nicht sehen konnte.

Es erklangen eilige Schritte auf dem Boden der Garage. Sie hallten von den Wänden wider und ein erschrockener Aufschrei durchschnitt die Stille. Kein Zweifel, Mr Travellion hatte die Tiefgarage betreten und die offene Kofferraumklappe bemerkt. Morton erhob sich etwas und spähte vorsichtig durch das Fenster. Es war tatsächlich der Anwalt und er stand wie zur Salzsäule erstarrt vor seinem Auto. Dann lief er hektisch umher, sah hinter einen nebenbei stehenden Stützpfeiler und kroch sogar auf allen vieren um sein Auto herum. Als ob der Koffer von selbst aus dem Kofferraum gehüpft wäre und sich unter dem Ferrari versteckt hätte. Dabei hätte der größere Schutzkoffer nicht einmal unter den tiefergelegten Sportwagen gepasst. In Travellions Gesicht war pure Verzweiflung zu erkennen.

»Scheint, als ob Mr Travellion kurz vor einem Nervenzusammenbruch steht«, sagte Morton.

Bela grinste diabolisch. »Ich mochte diesen Typen noch nie.«

»Die Polizei kann Mr Travellion nicht informieren. Jetzt gibt es nur zwei Möglichkeiten: Entweder er flieht sofort, oder er begibt sich zurück ins Hotel.«

»Um den Kofferdieb ausfindig zu machen?«, fragte Miss Osborne leise.

»Das, oder um den Schein zu wahren. Sein Verschwinden wäre auch hinsichtlich der noch laufenden Mordermittlungen auffällig«, bemerkte Morton.

Mr Travellion schlug den Kofferraum mit aller Kraft zu und stieg wieder in den Fahrstuhl.

»Sie sollten den Detective informieren, Miss Osborne. Damit er uns diesen Giftkoffer so schnell wie möglich abnimmt.«

Patricia Osborne nickte und wählte die Nummer des Detectives. »Vielleicht wäre es besser, wenn die Polizei nicht in Uniform hierherkommt, um nicht unnötig Aufmerksamkeit zu erregen«, schlug Patricia Osborne vor.

Morton nickte. »Das ist ein guter Einfall. Bitten Sie Detective Clarence, jemanden in Zivil vorbeizuschicken.«

»Wenn Sie mich nicht mehr brauchen, werde ich jetzt gehen. Zivil oder nicht, von der Polizei halte ich nicht viel.« Der *Chirurg* schob die Tür auf und stieg aus.

Morton stand ebenfalls auf. »Ist es in Ordnung, wenn ich Sie alleine lasse, Miss Osborne? Es gibt noch einiges vorzubereiten.«

»Gehen Sie nur, Edward. Ich schaffe das schon. Und passen Sie auf sich auf!«

KAPITEL 14

Inspektor Cotta schwitzte unter der Perücke mit der künstlichen hohen Stirn und dem grauen Haar. Er wirkte mindestens zehn Jahre älter. Sein Gesicht zierte ein Vollbart und eine aus Silikon geformte Adlernase. Der Maskenbildner Charles Grant hatte ganze Arbeit geleistet. Cotta hatte sich im Spiegel selbst nicht erkannt. Dennoch war er angespannt, und nicht nur, weil ihn sein Bart juckte. Mr Wise hatte ihm einen Smoking geliehen. Die Ärmel waren etwas zu kurz, aber ansonsten passte der Anzug einigermaßen. Solch einen teuren Anzug hatte Cotta noch nie getragen und er fühlte sich verkleidet, was er ja auch war.

Mr Wise trug ebenfalls einen Smoking. Er führte Cotta und Morton zum großen Saal, in dem die Auktion stattfinden sollte. Morton blieb an der Saaltür stehen. Er suchte sich einen Platz, von dem aus er einen guten Überblick hatte.

Der Gala-Saal war in dunklen Rottönen gehalten. Überall standen runde Tische mit kleinen Lampen, die ein gedämpftes Licht verbreiteten. Die ehrenwerten Herren des Gentlemen Clubs saßen um die Tische herum und unterhielten sich angeregt. Die Clubmitglieder genossen Champagner und rauchten dicke Havannas. Es herrschte eine gelöste Stimmung. Auf der Bühne hinter einem Pult mit Mikrofon stand ein älterer Auktionator. Er trug einen dunkelblauen Anzug mit passender Fliege und lächelte in die Runde. Auf einem mit rotem Samt bespannten Tisch drapierte eine blonde Assistentin gerade das erste Objekt. Es war eine weiße Vase mit blauem Drachenmuster. Vermutlich eine wertvolle Ming-Vase, dachte sich Inspektor Cotta. Er folgte Mr Wise zu einem Tisch in der Nähe der Bühne, an dem schon ein Gast saß. Cotta rümpfte die Nase und presste die Lippen zusammen, als er erkannte, mit wem sie den Tisch teilten.

Victor Hugenay trug einen eleganten Anzug und rauchte Zigarillo. Vor ihm stand ein Glas Rotwein. Er blickte Mr Wise und Cotta entgegen. Für einen Moment stutzte Hugenay, dann zeigte sich ein feines Lächeln um seine Mundwinkel.

Mr Wise und Cotta setzten sich.

»Hallo, Inspektor«, begrüßte ihn Hugenay. »Sie sehen so verändert aus. Lassen Sie mich raten, Sie haben eine neue Frisur?«

»Seien Sie still«, zischte Cotta. »Sie lassen noch meine Tarnung auffliegen.«

»Ach, Sie sind undercover hier.« Hugenay senkte verschwörerisch seine Stimme. »Ich hätte nicht gedacht, dass Sie einmal den Gentlemen Club besuchen würden. Möchten Sie ein Kunstwerk ersteigern?«

»Unsinn. Wie haben Sie mich überhaupt erkannt?«, fragte Cotta überrumpelt.

Hugenay inhalierte genussvoll den Rauch seines Zigarillos, bevor er dem Inspektor antwortete. »Ihre Ohren, Inspektor. Ich habe Sie an Ihren Ohren erkannt. Außerdem bewegen Sie sich nicht so, als ob Sie regelmäßig bei solchen Veranstaltungen zu Gast sind. Ich empfehle Ihnen diesbezüglich mehr Übung, Inspektor.«

»Sprechen Sie mich nicht so an«, flüsterte Cotta ungehalten.

»Seien Sie unbesorgt. Die anderen Tische sind weit genug entfernt. Niemand hört uns. Außerdem richten alle ihre Aufmerksamkeit auf die Versteigerung. Keiner wird merken, dass Sie kein Gentleman sind, Inspektor«, sagte Hugenay unbekümmert.

Inspektor Cotta mahlte mit den Zähnen. »Nennen Sie mich nicht so!«

»Wie soll ich Sie sonst ansprechen, mein Bester?«, fragte Hugenay frech.

Mr Wise versuchte, die Situation zu entschärfen, und stellte den Inspektor mit dem abgesprochenen Tarnnamen vor. »Victor, darf ich dir Mr Sokolow vorstellen. Er ist ebenfalls ein Kunstliebhaber.«

»Ah, Mr Sokolow, sehr erfreut. Darf ich Ihnen für die Versteigerung einen Tipp geben? Für das Objekt mit der Nummer 26 sollten Sie besser nicht bieten. Das Gemälde ist eine Fälschung.« Hugenay zwinkerte Cotta verschwörerisch zu.

»Will ich wissen, woher Sie das wissen?«, fragte Cotta grummelig.

»Nein, das möchten Sie nicht.« Hugenay schmunzelte und

fuhr sich mit der Hand über seinen feinen Schnurrbart. »Aber Sie haben mir immer noch nicht verraten, was Sie wirklich hierherführt.«

»Wir wollen einem Hehler für biologische Kampfstoffe eine Falle stellen. Und ich rate Ihnen, uns nicht zu behindern.« Cotta war sich selbst nicht klar, warum er diese Information mit Victor Hugenay teilte. Vielleicht weil er diesem Kunsträuber klarmachen wollte, was auf dem Spiel stand.

Hugenays Blick wurde ernst. »Sehr gefährliche Stoffe?«

»Damit kann man hunderttausende Menschen töten«, flüsterte Lance.

»Ich verstehe. Und ich begrüße es, dass sich unsere örtliche Polizei um die wirklich wichtigen Verbrechen kümmert. Aber wenn es um Angelegenheiten von diesen Ausmaßen geht, nehme ich an, es könnte hier gleich zu unschönen Szenen kommen.«

Inspektor Cotta und Lance Wise nickten langsam.

Victor Hugenay warf einen Blick auf seine Uhr. »Ich sehe, es ist spät geworden, und ich habe noch eine Verabredung in einem lauschigen Café. Ich darf mich also von Ihnen verabschieden, meine Herren.« Victor Hugenay stand auf. »Man soll eine schöne Dame nicht warten lassen.« Er nickte den beiden Männern zu und steuerte mit federleichten Schritten dem Ausgang entgegen.

»Von wegen ...«, murmelte Cotta, als er Hugenay hinterhersah. Allerdings war er froh, dass dieser vermaledeite Kunstdieb die Auktion verlassen hatte. Er würde Ihnen garantiert nur Schwierigkeiten bereiten und den Zugriff auf den Täter womöglich noch verhindern.

Auf der Bühne wurden gerade die Golfschläger eines bekannten Profispielers versteigert. Ein Herr mit Glatze erhielt den Zuschlag. Nachdem Hugenay den Saal verlassen hatte, entspannte Inspektor Cotta sich. Verstohlen beobachtete er die sogenannten Gentlemen an den anderen Tischen. Ein Kellner, den Lance herangewunken hatte, stellte zwei Gläser mit Champagner auf den Tisch. Cotta hasste solch eine Prickelbrause. Ein schönes Glas Whisky wäre ihm lieber gewesen, aber er musste ohnehin einen klaren Kopf bewahren.

Cotta tat so, als würde er am Champagner nippen, und sah sich unauffällig im Raum um, während Lance Wise ihn mit flüsternder Stimme über die anderen Clubmitglieder informierte. »Dort drüben neben dem Tisch von Mr Grey und seinen Leuten sitzen unsere europäischen Ehrenmitglieder. Rocco Messina und sein Geschäftspartner sowie der *Chirurg*, sein Bodyguard. Der ist natürlich kein Mitglied des Clubs.«

Davon war Cotta auch nicht ausgegangen. Dieser Kerl blickte finster drein und trug einen schwarzen Ledermantel. Die Mitglieder des Clubs hatten sich an diesem Abend alle in Smoking oder Frack gekleidet. Das besagten die Clubregeln, informierte ihn Lance. Nur die Personenschützer waren von dieser Regel ausgenommen. Allerdings trugen sie zumeist Anzüge und weiße Hemden und keine Lederkutte wie Bela.

»Auf dieser Seite sehen Sie einige unserer Geschäftspartner aus Chicago. Leider sind die Beziehungen mit der Familie Corleone derzeit etwas schwierig. Zahnstocher-Charlie besitzt eine Kette von Wettbüros. Hauptsächlich

Sportwetten und Pferderennen. Allerdings war er nie eine Konkurrenz für uns. Den Herrn mit den altmodischen Gamaschen über den Lackschuhen nennt man übrigens *Gamasche.*

»Wie originell«, grummelte Cotta.

»Offiziell betreibt er eine Sicherheitsfirma. Vermittlung von Leibwächtern. Inoffiziell handelt es sich eher um Auftragskiller.«

»Charmant«, bemerkte Inspektor Cotta trocken. Hier saßen Kriminelle aus allen Bundesstaaten beisammen und er musste gute Miene zum bösen Spiel machen. Er ließ seinen Blick weiter durch den Raum schweifen und entdeckte auch den einen oder anderen Gangster von der Westküste. Ganoven, die ihm aus der Verbrecherkartei durchaus vertraut waren. Hier waren die dicken Fische versammelt. Man hätte nur ein Netz auswerfen müssen und damit den ganz großen Fang gemacht. Doch die Polizei hatte gegen diese gefährlichen Gentlemen in den meisten Fällen nichts in der Hand. Offiziell waren ihre Westen rein. Ob Schein-Immobilien, Drogenhandel oder Hehlerei, ihnen war kein Verbrechen zu schmutzig. Es war frustrierend, hier zu sitzen und nichts tun zu können, dachte sich der Inspektor. Aber ein Gedanke erfüllte ihn mit Zuversicht. Obwohl er diese schweren Jungs nicht dingfest machen konnte, einen bösen Buben würde er heute mithilfe von Morton und Lance zur Strecke bringen. Die Aussicht darauf, einen Waffenhändler zu erwischen, stimmte Inspektor Cotta mehr als zufrieden. Sein Blick wanderte immer wieder zu Morton. Er war der Joker, wenn die Verhaftung nicht so reibungslos ablief wie geplant.

Dann hing alles an dem Chauffeur. Cotta hoffte, dass Morton der Aufgabe gewachsen sein würde.

Der Chauffeur stand zusammen mit zwei Bodyguards nahe der großen Flügeltür, die den Hauteingang zum Saal bildete.

»Und jetzt möchten wir Ihnen ein ganz besonderes Objekt anbieten«, tönte der Auktionator. »Es handelt sich um die Nummer 26 der Liste. Dieses lange verschollene Gemälde *Die Dame in Blau* wurde erst kürzlich durch einen privaten Sammler veräußert. Das Startgebot liegt bei 100.000 Dollar.«

Inspektor Cotta wandte seine Aufmerksamkeit wieder der Bühne zu. Die blonde Assistentin trug ein Ölgemälde auf die Bühne und drapierte es auf einer Staffelei. Es war ein beeindruckendes Kunstwerk. Das erkannte sogar Cotta, aber wenn er Hugenay glauben durfte, handelte es sich lediglich um eine Kopie. Woher wusste dieser Schuft das? Vermutlich hatte er sich das Original unter den Nagel gerissen. Cotta presste die Lippen aufeinander. Die Hände der Bieter schossen in die Höhe und das Bild wurde für einen exorbitanten Preis versteigert. Entweder die Gentlemen hatten alle keine Ahnung von Kunst, oder die Kopie war so gut, dass niemand sie erkannte, überlegte der Inspektor.

Die Zeit verstrich und Cotta wurde unruhig. »Wo bleibt Mr Travellion?«

»Er ist bestimmt gleich da«, versicherte Lance Wise. Aber in seinen Augen lag ebenfalls ein beunruhigter Ausdruck.

»Wenn er nicht gleich auftaucht, schlägt unser Plan fehl.«

»Otis kommt sicher.« Lance warf einen Blick in den

Auktionskatalog. »Es sind noch vier Objekte, bevor der Koffer auf die Bühne kommt.«

»Wir können nur hoffen, dass Travellion unser Spiel nicht durchschaut hat. Wenn er sich abgesetzt hat, war alles umsonst.«

In diesem Moment öffnete sich die Saaltür und Mr Tavellion trat ein.

Morton rückte näher an eine große Säule neben der Eingangstür heran und verschmolz förmlich mit ihrem Schatten. Der Anwalt bemerkte ihn nicht, sondern blickte sich im Saal um, bis er den Tisch von Lance Wise und Cotta entdeckte. Er kam mit zügigen Schritten heran und nahm Platz. Cotta straffte sich. Jetzt galt es, seine Rolle überzeugend zu spielen. Hoffentlich erkannte Mr Travellion ihn nicht. Cotta nippte an seinem Champagner.

»Sie kommen spät, Otis.«

»Entschuldigen Sie, Lance. Ich hatte noch etwas Geschäftliches zu erledigen.« Der Anwalt nahm Platz und warf Cotta einen kurzen Blick zu.

Lance Wise übernahm die Vorstellung. »Otis, darf ich Ihnen Mr Sokolow vorstellen. Er ist Kunstsammler aus Petersburg.«

»Privet«, grüßte Cotta mit tiefer Stimme.

Mr Travellion nickte ihm zu. Bevor er den unbekannten Gentleman näher mustern konnte, rief der Auktionator die nächste Position auf.

»Und hier haben wir eine Nachmeldung zur Auktion. Ein sehr interessantes Stück. Stell das gute Stück doch mal hier herauf, Anny«, forderte er seine Assistentin auf.

»Es handelt sich um einen handgefertigten Aktenkoffer der Leder-Manufaktur *Red Star*. Hier wurde sogar eine entsprechende Lederprägung am Griff eingearbeitet. Ein solch hochwertiger Lederkoffer ist etwas ganz Besonderes. Wer bietet mit? Das Erstgebot liegt bei 100 Dollar.«

Der Kopf des Anwalts schoss herum und er fixierte den Auktionstisch.

»Ach, sieh an. Genauso ein Aktenkoffer, wie ihn Onkelchen für uns hat anfertigen lassen«, sagte Lance Wise leichthin. »Ich dachte immer, es war ein Spezialauftrag. Ich wusste gar nicht, dass es davon noch mehr gibt.«

»Das war mir auch nicht bekannt.« Mr Travellion musste sichtlich damit kämpfen, nicht die Fassung zu verlieren. Cotta bemerkte, wie der Anwalt unwillkürlich die Hände zu Fäusten ballte.

»Sie haben nicht zufällig Ihren Koffer zur Auktion angemeldet? Onkel Gideon wäre darüber sicherlich nicht erfreut. Es war immerhin ein besonderes Geschenk.« Lance sah den Anwalt gespielt enttäuscht an.

»Warum sollte ich?«, schnappte Mr Travellion gereizt. »Vielleicht wollen Sie Ihren Koffer verkaufen, Lance? Sie haben ja nun zwei davon.«

Lance schüttelte betrübt den Kopf. »Ich könnte mich nie davon trennen. Er wird mich immer an meinen Onkel erinnern.«

Otis Travellion murmelte etwas Unverständliches.

Lance spielte seine Rolle sehr gut. Cotta vermutete, dass der Anwalt kurz davorstand durchzudrehen. Sein Koffer mit dem tödlichen Gift war aus seinem Auto verschwunden und hier stand das exakte Ebenbild auf der Bühne und wurde versteigert. Er musste vermuten, dass es sich um seinen Aktenkoffer handelte, auch wenn er nicht wusste, wie dieser seinen Weg in die Auktion gefunden haben sollte. Alles würde auffliegen, wenn jemand den Koffer ersteigerte.

»Höre ich Gebote? Niemand? Vielleicht stecken sogar die Kronjuwelen der russischen Zarenfamilie darin.«

»Ich biete 150 Dollar«, rief Mr Travellion plötzlich.

»Da haben wir also einen Bieter! Höre ich 200?«

»Möchten Sie jetzt auch einen zweiten Koffer haben?«, fragte Lance süffisant.

»Ach, halten Sie die Klappe, Lance!«, fuhr der Anwalt Mr Wise an.

Mr Wise warf Cotta einen leicht fragenden Blick zu, aber der Inspektor schüttelte beinahe unmerklich den Kopf. Auch wenn Mr Travellion den Koffer ersteigern wollte, hatten Sie noch keinen eindeutigen Beweis, dass der Anwalt von dem biologischen Kampfstoff im Koffer wusste. Cotta musste sich ganz sicher sein. Wenn sie jetzt zugriffen, könnte der Anwalt sich immer noch herausreden. Lance verstand und zündete sich eine Zigarre an. Das abgesprochene Zeichen. Rocco Messina hob die Hand. »Ich biete 250 Dollar. Aber ich möchte sehen, ob der Koffer innen in gutem Zustand ist.«

»Also gut, wir können den Koffer für Sie öffnen«, antwortete der Auktionator.

Plötzlich sprang Otis Travellion auf. Dabei stieß er den Tisch um. Die Champagnergläser zerbrachen auf dem Marmorfliesen. »Nein! Nicht öffnen!«, schrie der Anwalt und wollte zur Bühne stürmen. Cotta stürzte sich auf ihn. »Lassen Sie mich los! Wir sind alle in Lebensgefahr, wenn dieser Koffer geöffnet wird!«

Der Anwalt riss im Handgemenge an Cottas Bart, der sich mit einem unschönen Geräusch von seinem Gesicht löste. Mr Travellion starrte dem Inspektor an und erkannte in Sekundenschnelle, dass es sich um eine Falle handelte. Mit einer Kraft, die der Inspektor dem kleinen Mann kaum zugetraut hätte, stieß er ihn von sich. Cotta stolperte rückwärts. Die Gentlemen an den anderen Tischen verfolgten die Szene wie erstarrt. Niemand regte sich. Alles ging so schnell. Otis Travellion rannte auf die Flügeltür zu.

Das war Mortons Einsatz. Blitzartig griff er sich einen der Golfschläger aus der Tasche eines älteren Gentlemans und schlug einen gekonnten Drive, der den Anwalt am Knie erwischte. Mit einem Aufschrei fiel er zu Boden. Morton ließ den Schläger fallen und hielt Mr Tavellion fest. Er drehte ihm den Arm auf den Rücken. »Sie bleiben besser liegen, Sir.«

Der Anwalt versuchte, sich gegen den größeren Chauffeur zu wehren, aber Morton kniete mit einem Bein auf dem Rücken des Anwalts. Otis Travellion fluchte laut und wand sich. Einer der Bodyguards trat heran und knackte bedroh lich mit den Fingern. Mr Travellion gab seinen Widerstand auf.

Inspektor Cotta trat auf ihn zu und zückte die Handschellen. »Mr Otis Travellion, Sie sind verhaftet.« Während Morton und der Leibwächter den kriminellen Anwalt auf die Beine zogen, las Inspektor Cotta ihm seine Rechte vor.

Inspektor Cotta und Morton brachten den Anwalt in die Hotellobby, damit die Versteigerung des Gentlemen Clubs weitergehen konnte. Der Inspektor war ein wenig traurig darüber, dass er nicht gleich auch noch den einen oder anderen Geschäftsmann mitnehmen konnte, aber immerhin hatte sich ihm bei der Verhaftung niemand in den Weg gestellt. Alle hatten ihren Schein als ehrenwerte Clubmitglieder gewahrt und eine zweite Chance gab es vorerst nicht. Denn nach diesem Vorfall würde man in Zukunft die Besucher des Clubtreffens genauer unter die Lupe nehmen.

Bei der Rezeption angekommen, bat Morton den Empfangschef, telefonieren zu dürfen. Er rief Detective Clarence an, damit dieser mit einigen Kollegen kam und sowohl den echten Koffer als auch den Täter in Gewahrsam nehmen konnte.

Mr Ember kam aufgeregt aus seinem Büro gelaufen. »Bitte, meine Herren, kommen Sie zu mir ins Büro. Sie können dort bis zum Eintreffen der Polizei warten.«

»Wie umsichtig von Ihnen«, sagte Morton.

Der Direktor machte eine wegwerfende Handbewegung. »Sie können hier nicht stehen bleiben. Was sollen unsere Gäste denken, wenn hier jemand in Handschellen am Empfang steht?«

»Natürlich, Sir.« Was hatte Morton von Mr Ember auch anderes erwartet.

Sie begaben sich in das Büro des Direktors, der so damit beschäftigt war, darüber zu schimpfen, was eine Verhaftung eines seiner Gäste für den guten Ruf der *Ranch* bedeutete, dass er gar nicht merkte, dass der Inspektor sein ehemaliger Gast Mr Barnaby war.

Mr Travellion funkelte den Inspektor wütend an, während Mr Ember vor sich hin lamentierte. »Ich muss noch einmal an den Empfang und dafür sorgen, dass die Geschichte bei meinem Personal nicht die Runde macht«, sagte der Direktor und verließ sein Büro.

»Ich hätte wissen müssen, dass es eine Falle war«, sagte der Anwalt. »Aber der Koffer war plötzlich verschwunden und dann sah ich ihn auf der Auktion wieder. Ich wusste natürlich nicht mit Sicherheit, ob es mein Aktenkoffer war, aber das Risiko war zu groß. Immerhin war der Koffer schon einmal verschwunden.«

Morton zog erstaunt die Augenbrauen hoch.

»Wie genau verschwunden?«, hakte Inspektor Cotta nach.

»Nur deswegen konnten Sie den Koffer ja vor ein paar Tagen überhaupt in die Hände kriegen. Man hatte mir den falschen Zimmerschlüssel gegeben. Ich hatte meinen Aktenkoffer und meine Reisetasche bereits auf das Zimmer gebracht und in den Schrank gestellt, als mich Lance zu sich rief. Er wollte mit mir über die Planung der Geburtstagsfeier für seinen Onkel sprechen. In der Zwischenzeit hatte man wohl den Fehler bemerkt. Da ich nicht auf dem Zimmer war, hat der Page mein Gepäck zwischengelagert, weil in dem richtigen Zimmer noch sauber gemacht wurde. Er wollte den Koffer dann später auf mein Zimmer bringen. Als ich zurückkam und den Koffer nicht vorfand, bekam ich zunächst einen höllischen Schreck. Ich bin sofort zum Empfang und habe dort den richtigen Zimmerschlüssel erhalten und die Information, dass mein Koffer im Gepäckraum des ersten Stockwerks sei und der Page es mir demnächst aufs Zimmer bringen würde. Ich bin sofort selbst hinaufgegangen. Im Gepäckraum fand ich meinen Koffer und Sie. Ich musste handeln und Sie erst einmal aus dem Weg schaffen. Ich war mir zu dem Zeitpunkt noch nicht sicher, was ich mit Ihnen anfangen sollte, Inspektor. Aber mir war schnell klar, dass ich den Koffer nicht länger direkt in meiner Nähe behalten konnte. Ich brachte ihn zunächst im Kofferraum meines Autos unter und besorgte eine Schutzhülle. Ich musste den Deal unbedingt durchziehen und plötzlich war der Koffer erneut weg und dann sah ich ihn auf der Auktion.«

»Unfassbar!«, brummte Inspektor Cotta.

»Sie haben die Nerven verloren, als der Auktionator ihn öffnen wollte«, stellte Morton fest.

»Und das, obwohl Sie wussten, dass der echte Koffer mit einem Zahlencode verschlossen war«, hakte Cotta ein.

»Der Zahlencode wurde bereits einmal geknackt. Und zwar von Ihnen. Wie konnte ich sicher sein, dass der Code dem Auktionator nicht vorlag? Das Sarin hätte uns alle in Lebensgefahr gebracht. Auch wenn es in den Flaschen nur in verdünnter Form vorliegt. Ein Fläschchen ist undicht, wie Sie selbst wissen.« Mr Travellion sah Inspektor Cotta an.

»Nur zu gut«, brummte Cotta. »Das Zeug hätte mich fast umgebracht. Warum haben Sie den Koffer überhaupt im Auto gelassen und nicht längst aus dem Weg geschafft, wenn Sie wussten, dass das Gift auslief?«

Mr Travellion ließ die Schultern sinken. »Ich hatte keine andere Wahl. Mein Kunde wurde ungeduldig. Er wollte die

Proben an diesem Wochenende haben, sonst wäre der Deal geplatzt. Ich hätte ihm den Sicherheitskoffer übergeben und seine Chemiker hätten den Stoff unter den entsprechenden Sicherheitsvorkehrungen prüfen können.«

»Wie viel Geld sollten Sie dafür bekommen? Für welchen Preis hätten Sie in Kauf genommen, dass unzählige Menschen sterben?«, fragte Morton voller Verachtung.

»Ach, Sie haben doch keine Ahnung. Mit dem Verkauf hätte ich mehr Geld gehabt, als ich jemals ausgeben kann. Ich hätte endlich das Leben geführt, das mir zusteht.«

Der Inspektor presste die Kiefer zusammen und ballte die Fäuste. »Und dafür habe ich beinahe mein Leben verloren!«

»Was beschweren Sie sich, Inspektor? Immerhin habe ich anonym im Krankenhaus angerufen und denen das Gegengift verraten. Ich hätte Sie sterben lassen können. Das wäre vermutlich besser gewesen, wie ich jetzt erkennen muss«, sagte Mr Travellion in kühlem Tonfall.

Cotta war fassungslos über so viel Kaltschnäuzigkeit. Morton legte dem Inspektor leicht eine Hand auf die Schulter.

»Ja, Sie hätten den Inspektor sterben lassen können. Sie haben kein Problem damit, Menschen aus dem Weg zu räumen, die Ihnen Schwierigkeiten machen, nicht wahr? So wie Sie auch Mr Gideon Wise umgebracht haben. Hat er von Ihren dreckigen Deals erfahren?«, konfrontierte Morton den Anwalt mit seinen Vermutungen.

Otis Travellion starrte den Chauffeur an. Zum ersten Mal sah dieser kleine Mann Morton aufmerksam an. Doch er schwieg.

»Leugnen ist zwecklos. Ein Kellner hat gesehen, wie Sie das Wahrsagezimmer betreten haben. Sie wussten genau, wann Mr Wise zur Kartenlegung wollte. Sie hatten alle seine Termine im Kopf. Ist es nicht so?«, schlussfolgerte Morton. »Miss Lancaster hatte recht, als sie sagte, Gideon Wise wäre schon tot gewesen, als sie selbst den Raum betrat. Als Sie mich mit dem Inspektor auf dem Flur trafen, waren Sie auf dem Weg in die Lobby, um Mr Wise noch vor seiner Lesung umzubringen. Vielleicht hofften Sie darauf, dass der Empfang nicht besetzt war. Durch die Nachricht an Miss Osborne, der Termin wäre nach hinten verschoben, hatten Sie sich genügend Zeit verschafft. Ich könnte mir sogar vorstellen, Sie haben ebenfalls dafür gesorgt, dass Miss Lancaster in die Küche gerufen wurde. Sie sind ein Mann, der gerne alle Fäden in der Hand hält. Sie wurden zwar durch mich aufgehalten, aber Sie haben die Chance genutzt, runterzugehen, um auf den Rettungswagen zu warten. Mehr als eine oder zwei Minuten dürfte es nicht gedauert haben, Mr Wise zu erstechen. Ein riskantes Unterfangen. Man hätte sie beim Verlassen des Zimmers sehen können. Aber der Kellner entdeckte Sie schon beim Hineingehen. Haben Sie wirklich geglaubt, wenn der Empfang nicht besetzt ist, fallen Sie niemandem auf?«

Cotta und Morton warteten gespannt auf eine Reaktion von Mr Travellion. Zunächst sah es so aus, als wollte der Anwalt schweigen. Dann wäre es schwierig geworden, ihm den Mord eindeutig nachzuweisen, denn schließlich hätte Mr Wise noch am Leben sein können, nachdem er den Raum verlassen hatte. Alle Indizien sprachen gegen Miss Lancaster.

Allerdings siegte die Arroganz und Mr Travellion spie die Worte förmlich aus. »Dieser alte Narr! Er hätte alles versaut. Er hatte mit *WiseTec* alle Möglichkeiten, Sarin herzustellen. Die besten Chemiker und perfekt ausgestattete Labore. Aber er wollte sauber werden, alle Geschäfte seiner zwielichtigen Vergangenheit verkaufen und mit *WiseTec* neue Technologien für erneuerbare Energiegewinnung entwickeln. Was für ein Quatsch!«

»Und da haben Sie das Sarin hinter seinem Rücken produzieren lassen und ihn kaltblütig ermordet?«, fragte Inspektor Cotta.

»Als der alte Gauner herausbekam, wofür ich seine Labore benutzte, wollte er mich rauswerfen. Aber nicht nur das. Er drohte mir auch damit, mich den Bundesbehörden auszuliefern, wenn ich das Geschäft mit meinem Kontaktmann nicht abblasen würde. Ich hätte alles verloren und wäre vermutlich sogar in den Knast gewandert, wenn ich seinen Forderungen nicht nachgekommen wäre. Gideon gab mir Bedenkzeit bis nach dem Clubtreffen. Er nannte es eine Chance, weil wir so lange Geschäftspartner seien!« Otis Travellion sprach das Wort *Chance* mit aller Verachtung aus. »Also entschied ich, das Geschäft während des Clubtreffens durchzuziehen und mich danach mit den Millionen abzusetzen. Meine Führungsposition in der Firma hätte ich nach dem Clubtreffen sowieso verloren und dann auch noch ins Gefängnis wandern? Das kam nicht infrage. Ein Otis Travellion gibt sich nicht so einfach geschlagen. Ich habe dieser Firma zum Erfolg verholfen. Gideon hat mir alles zu verdanken. Wir hätten Millionen verdient. Aber der alte Sturkopf wollte nicht hören. Da musste ich handeln. Ich musste ihn aus dem Weg schaffen.«

»Das war ein lupenreines Geständnis!«, knurrte Cotta.

»Wem wollten Sie denn das Sarin verkaufen?«, wollte Morton noch wissen.

Der Anwalt schüttelte den Kopf. »Wenn ich Ihnen das verrate, bin ich ein toter Mann.«

»Jetzt sind Sie auf jeden Fall ein Mann, der vermutlich für den Rest seines Lebens ins Gefängnis geht«, stellte Inspektor Cotta zufrieden fest.

»Eine Frage hätte ich noch«, sagte Morton. »Woher hatten Sie die Mordwaffe? Als Sie den Flur entlanggingen und den Rettungsdienst riefen, sah es nicht so aus, als hätten Sie ein Messer unter dem Jackett verborgen.«

»Wie Sie selbst bemerkt haben, ist die Rezeption öfter nicht besetzt. Vor dem Termin ein Messer unter einem der Tücher im Wahrsageraum zu platzieren war die leichteste Übung.«

Als Detective Clarence den Anwalt abführte, standen Inspektor Cotta und Morton für eine Weile vor dem Hotel und sahen dem Streifenwagen nach.

»Hoffentlich entlässt Inspektor Kershaw Miss Lancaster nun wieder aus dem Polizeigewahrsam.«

Cotta nickte langsam. »Ganz bestimmt.«

»Sie wirken so nachdenklich, Inspektor«, bemerkte Morton.

»Ich frage mich, wie ich erklären soll, dass ich während meines Urlaubs bei einer Auktion in der *Ranch zum Roten*

Löwen anwesend war und dabei zufällig einen Mörder festgenommen habe.«

»Sagen Sie einfach, was wir besprochen haben. Ich habe Sie zu der Auktion eingeladen. Warum sollte man im Urlaub nicht mal eine Kunstauktion besuchen?«, riet ihm Morton.

»Weil ich meinen Kollegen gesagt habe, ich gehe zum Angeln.«

»Aber Sie haben doch einen großen Fisch gefangen, Inspektor.« Morton zwinkerte ihm zu.

Cotta seufzte.

»Vielleicht ist Detective Clarence so freundlich und schreibt den Bericht über die Verhaftung. Dann müssen Sie vielleicht gar nichts erklären«, schlug Morton vor.

»Die Idee ist gar nicht so schlecht. Ich sollte mich mit ihm darüber unterhalten, was wir in den Bericht schreiben, ohne zu viel Staub aufzuwirbeln.«

»Ich bin mir sicher, Detective Clarence wird Sie unterstützen. Ansonsten könnten Sie Mrs Jonas' Liste erwähnen«, sagte Morton mit einem verschmitzten Grinsen.

Inspektor Cotta hob fragend die Augenbrauen.

EPILOG

Inspektor Cotta hatte Morton, Miss Osborne und Detective Clarence ins *Universal Café* eingeladen. Sie hatten ihm nicht nur geholfen, einen Fall aufzuklären, Morton hatte ihm sogar das Leben gerettet. Detective Clarence hatte Inspektor Cotta zugesichert, dass er kein Sterbenswörtchen von diesem Undercover-Einsatz an die Kollegen verraten würde. Er vertraute dem jungen Kollegen. Cotta hatte überlegt, ob er auch Mr Wise einladen sollte. Immerhin hatte Lance Wise eine nicht unerhebliche Rolle bei der Ergreifung eines gefährlichen Waffendealers gespielt, aber dieser war bereits mit seinem Privatjet nach Reno abgereist. Vermutlich war es auch besser, dass Mr Wise nicht mit ihnen den Erfolg feierte. Er war ein zwielichtiger Geschäftsmann gewesen. Cotta hoffte jedoch, dass er sein Versprechen an Morton wahr machen würde und sich in Zukunft nur noch mit legalen Geschäften abgeben würde.

Es war bereits dunkel, als Inspektor Cotta am Hafen eintraf. Die Segelboote tanzten leise auf dem Wasser. Auf einigen waren die Bootslaternen hell erleuchtet, weil die Besitzer in dieser warmen Nacht an Bord saßen. Das Murmeln der Stimmen vermischte sich mit dem Plätschern der Wellen. Der Besitzer eines Surfshops brachte einen Ständer mit T-Shirts in seinen Laden, bevor er ihn abschloss. Ein Pelikan schlief auf einem der Poller. Inspektor Cotta steuerte auf das *Universal Café* zu. Schon aus einiger Entfernung hörte er eine schwermütige Filmmusik. Er erkannte das Stück. Es stammte aus dem Film *Orca*. An diesem Abend schienen viele Gäste im Café zu sein.

Die beiden Tische vor dem Café, die nur durch das schummerige Licht ein paar Teelichter beleuchtet wurden, waren besetzt. An einem der Tische saß ein Pärchen, das sich gerade erhob, um zu gehen. Die beiden verschwanden in der Dunkelheit, noch bevor Cotta das Café erreicht hatte. Für einen Augenblick glaubte der Inspektor tatsächlich, Victor Hugenay zu erkennen, doch er musste sich getäuscht haben. Inspektor Cotta schüttelte den Kopf und betrat das Café.

Morton, Miss Osborne und der Detective saßen zusammen an einem Tisch in der Ecke. Morton hing ein wenig seinen Gedanken nach, während der Detective und Miss Osborne sich angeregt unterhielten. Taavi Karhu, der finnische Besitzer des Cafés, lief eilig zwischen den Tischen der Gäste umher. Taavi war ein großer Filmfan. Er hatte sein Café mit vielen Postern alter Filmklassiker geschmückt. Ein lebensgroßer Pappaufsteller von Alfred Hitchcock empfing die Gäste im Eingangsbereich. Miss Osborne war ganz begeistert davon gewesen, als Morton ihr davon berichtet hatte. Sie hatte von ihrer Sammlung von Filmrequisiten geschwärmt und hatte Taavi in ein endloses Gespräch darüber verwickelt, als er die Getränke gebracht hatte. Zur Feier des Tages trank Morton ein Glas Single Malt. Morton konnte es immer noch nicht glauben, dass sie zusammen einen Mordfall aufgeklärt und einen gefährlichen Deal verhindert hatten. Er war froh, dass Mr Travellion nun hinter Schloss und Riegel saß.

Morton entdeckte Cotta zuerst. »Hier hinten sind wir, Inspektor!«

»Etwas laut hier«, bemerkte Cotta.

»Ja, vielleicht sollten wir nach draußen gehen«, schlug Morton vor.

Miss Osborne nickte zustimmend.

»Ich glaube, draußen ist gerade ein Tisch frei geworden«, sagte Cotta.

Sie gingen gemeinsam nach draußen und setzten sich. Taavi kam mit einem Lächeln herbeigeeilt und wischte den Tisch ab. Dann reichte er ihnen die Speisekarten.

»Wie schön, dass Sie alle meiner Einladung gefolgt sind«, freute sich Cotta. »Ich hoffe, Sie mögen Fisch. Ich angele in meiner Freizeit nicht nur, sondern esse auch gerne Fisch. Deswegen habe ich uns bei Taavi ein paar finnische Spezialitäten bestellt.«

»Das klingt wunderbar«, sagte Detective Clarence.

»Wir freuen uns, dass Sie wieder komplett genesen sind, Inspektor«, sagte Morton. »Rocky Beach wäre nicht dasselbe ohne Sie.«

»Und dass wir helfen konnten, diesen schrecklichen Mordfall aufzuklären«, ergänzte Patricia Osborne. »Allerdings hätte Edward die Aufklärung ohne mich niemals geschafft.«

»Sie sollen mich doch nicht mehr so nennen, Miss Osborne«, bat Morton.

»Erst wenn Sie mich endlich Patricia nennen!«, erwiderte Miss Osborne. »Wie dem auch sei, meine Nichte Allie darf von alldem nichts erfahren. Sie würde mir schreckliche Vorwürfe machen, dass ich mich so in Gefahr gebracht habe. Sie ist doch so sensibel. Deswegen sagen Sie bitte auch den drei Jungs nichts! Den drei Detektiven. Die würden meiner Nichte nur alles verraten.«

Morton nickte einsichtig. »Wenn Sie es wünschen, Miss Osborne.«

»Niemand von uns sollte über den Fall reden. Wir wollen doch auch Inspektor Cotta nicht in Schwierigkeiten bringen«, sagte Detective Clarence. Er hatte in Absprache mit Cotta die Verhaftung von Mr Travellion im Polizeibericht offiziell als seine Initiative auf einen Tipp aus der Unterwelt hin vermerkt.

»Natürlich nicht!«, beteuerte Patricia Osborne.

»Ich danke Ihnen allen.« Inspektor Cotta schien erleichtert, dass über den Fall Stillschweigen bewahrt wurde. Morton nahm an, dass der Inspektor kein Problem damit hatte, dass die Verhaftung Detective Clarence zugeschrieben wurde. Er hatte sich immerhin außerhalb der Vorschriften bewegt und sein größtes Glück war, dass Mr Travellion geschnappt wurde.

Morton hob sein Glas. »Zusammen konnten wir einen gefährlichen Verbrecher fassen.«

»Daran haben Sie den größten Anteil gehabt, Morton«, lobte Inspektor Cotta.

Bescheiden winkte Morton ab. »Wir waren gemeinsam ein gutes Team.«

»Außerdem haben Sie mir das Leben gerettet«, stellte Cotta dankbar fest.

»Darauf sollten wir anstoßen. Morton, Sie sind ein Held und ein wahrer Detektiv!«, rief Detective Clarence.

In diesem Moment kam der Besitzer des Cafés und brachte ihnen ein Tablett mit Getränken und den ersten Gang.

Auch wenn das *Universal Café* normalerweise nur Kuchen und ein paar finnische Kleinigkeiten servierte, hatte Taavi für diesen Abend ein paar Köstlichkeiten aus seiner Heimat gezaubert. Nach einer Lohikeitto, einer cremigen Lachssuppe, gab es noch einen finnischen Fischauflauf.

Morton war pappsatt und hatte ein neues Lieblingsessen für sich entdeckt. Zum Abschluss brachte Taavi für die Runde noch einen finnischen Moltebeerenlikör und Kaffee.

»Darf es noch etwas sein?«, fragte Taavi, als er nach einiger Zeit die Teller abräumte. Das Café hatte sich bereits ziemlich geleert und auch das Gemurmel auf den Segeljachten war nach und nach verstummt. Eine kühle Feuchtigkeit drang vom Wasser herüber.

»Für mich nicht mehr, danke.« Morton reichte Taavi den leeren Brotkorb und warf einen Blick auf seine goldene Taschenuhr. Auf der Rückseite war der Name *Edward* eingraviert. Sein Großvater hatte so geheißen und Morton musste unwillkürlich lächeln.

Miss Osborne schüttelte ebenfalls den Kopf. »Ich glaube, es wird Zeit für mich zu gehen. Nicht, dass meine Freundin Sunshine noch eine Vermisstenmeldung aufgibt.«

»Ich rufe Ihnen gerne ein Taxi, Madam«, bot Taavi an.

»Das wird nicht nötig sein.« Morton erhob sich. »Ich werde Sie selbstverständlich fahren, Patricia. Nach allem, was wir zusammen durchgemacht haben, ist es das Mindeste, was ich für Sie tun kann.«

»Morton, Sie sind wirklich ein wahrer Gentleman«, stellte Miss Osborne lächelnd fest.

Leseprobe

ISBN 978-3-440-17591-0

Kaum weilen die drei ??? einmal nicht im schönen Rocky Beach, schon geschehen dort heikle Verbrechen. Beim Backwettbewerb erleidet Jury-Mitglied Gregory Weston einen Herzinfarkt. Der berühmte Schauspieler sackt ausgerechnet über Tante Mathildas Kirschkuchen in sich zusammen. Das kann Mathilda nicht auf sich sitzen lassen. Beherzt und ohne jegliche Scheu macht sich Justus' Tante auf die Suche nach der Wahrheit.

Lies doch mal rein!

kosmos.de/die-drei-fragezeichen

KAPITEL 1

»Irgendetwas stimmt nicht, Titus.« Mathilda Jonas sah angestrengt hinter dem gelben Käfer her. Der alte Wagen fuhr durch das schmiedeeiserne Tor des Gebrauchtwarenhandels. Die Rücklichter leuchteten an der Straße kurz auf, dann gab der Fahrer Gas.

»Es sind Sommerferien«, sagte Titus Jonas. Er schmunzelte unter seinem dichten, schwarzen Schnurrbart. »Die Jungen wollen ein paar Tage ohne Erwachsene zelten. Das bekommen sie schon hin.«

Mathilda Jonas ließ sich nicht so einfach beruhigen. »Justus hat vorhin am Telefon davon gesprochen, dass sie zur Autovermietung Gelbert müssen. Und nun frage ich dich: Wozu braucht man einen Mietwagen, wenn man in den Bergen hinter Los Angeles wandern will?«

»Du kennst doch Justus und seine Freunde.« Onkel Titus schmunzelte noch immer. »Sobald die Schule aus ist, haben sie nur noch ihren Detektivclub im Kopf. Die drei ??? sind nicht glücklich, wenn sie nicht irgendein Geheimnis lüften können.«

»Es klang aber eher so, als hätten sie dieses Mal selbst ein Geheimnis.«

Onkel Titus warf einen Blick auf seine altmodische Taschenuhr. »Deine Zweifel in allen Ehren, liebste Mathilda, aber solltest du nicht auf dem Weg zum Gemeindezentrum sein?«

»Um Himmels willen!«, rief Mathilda Jonas. »Wie konnte ich *Rocky Bake* und den Wettbewerb vergessen?«

Jedes Jahr organisierte der örtliche Frauenverein der kleinen Stadt eine Kuchenwoche namens *Rocky Bake* für wohltätige Zwecke. Der Höhepunkt der Festtage war eindeutig der große Backwettbewerb.

Mathilda hatte eingewilligt, ihren allseits beliebten Kirschkuchen einzureichen. Normalerweise machte sich Mathilda nichts aus solchen Veranstaltungen, aber in diesem Fall ging es nicht nur um ihre Ehre als beste Kirschkuchenbäckerin der Westküste. Es ging ihr nicht einmal um das Preisgeld, das dem Schrottplatz sehr gelegen kommen würde – nein, Mathilda brannte darauf, den Schauspieler Greg Weston kennenzulernen.

Vor vielen Jahren war Weston mit dem Kinofilm *Der Bäcker von Monaco* berühmt geworden. Jetzt hatte er sich bereit erklärt, als Juror beim Backwettbewerb mitzumachen und im Anschluss eine Autogrammstunde zu geben. Natürlich wollten alle den »Bäcker« höchstpersönlich kennenlernen. Nun, fast alle. Mathilda machte sich nichts aus schnulzigen Liebesfilmen. Ihr Herz schlug für Unterhaltung der gruseligen Art. Und kaum einer wusste, dass der blutjunge Weston zum Beginn seiner Karriere als Darsteller in mehreren Horrorfilmen mitgespielt hatte. Jetzt spukte er nur noch zur nächtlichen Sendezeit über den Bildschirm. Mathilda mochte die leicht angestaubten Wiederholungen, in denen Weston als lebende Mumie für Angst und Schrecken sorgte oder eine Stadt als Werwolf heimsuchte. Zu schade, dass Weston sich später auf romantische Komödien spezialisiert hatte. Aber kein Mensch war perfekt. Dafür hatte dieser Tag die Chance, es zu werden. Mathilda würde sich die ausgeblichene Videokassette von *Der Werwolf von Venice* signieren lassen und mit ihrem Kirschkuchen einen Pokal gewinnen.

Vorher musste sie sich allerdings dringend noch umziehen. Sie konnte schlecht in ihrem alten Kleid und der Schürze zum Wettbewerb fahren. Heute war definitiv einer dieser Tage, an denen das gute Tweedkostüm aus dem Schrank geholt wurde.

Zehn Minuten später hob Mathilda den Kirschkuchen in den Pick-up der Firma T. Jonas. Dort thronte er nun unter einer Kuchenglocke auf dem Beifahrersitz, gleich neben der Video-Hülle.

»Lehre sie das Fürchten!«, sagte Titus und gab seiner Frau einen Schmatzer auf die Wange.

»Ich lehre sie lieber das Schlemmen.« Mathilda lächelte. Dann wurde sie wieder ernst. Ihr Mann musste heute noch zu einer Haushaltsauflösung nach San Luis Obispo. »Der Lastwagen muss noch getankt werden. Und halte dich dieses Mal bitte etwas zurück. Nicht, dass du mir am Ende wieder mit schreienden Uhren und sprechenden Totenköpfen um die Ecke kommst.«

»Bei besonderen Unikaten muss ich einfach zugreifen«, verteidigte sich Titus Jonas. Mathilda verzichtete ausnahmsweise auf einen Kommentar. Sie musste wirklich los. Schon sprang sie auf den Fahrersitz, winkte Titus zu und startete den Motor.

Rumpelnd fuhr sie vom Hof und bog auf die Sunrise Road ab. Der Weg zum großen Gemeindezentrum dauerte keine fünf Minuten. Mit dem Auto waren die Wege in der beschaulichen Kleinstadt nicht weit. Man konnte den Eindruck gewinnen, Rocky Beach sei ein verschlafenes Nest, aber dem war nicht so. Immerhin gab es hier gleich mehrere Wohnviertel und Außenbezirke, die sich von der Küste bis zum Farmland am Fuße der Berge erstreckten. Die kleine Stadt verfügte über ein eigenes Krankenhaus, eine Polizeistation, eine Grundschule, eine Highschool und sogar eine Privatschule für Mädchen. Noch dazu gab es einen Hafen, ein Einkaufszentrum, eine Bücherei, ein Heimatmuseum und einen Botanischen Garten. Mathilda hatte hier alles, was sie brauchte. Genau das machte Rocky Beach für sie zur Weltmetropole, und das sollte ihr mal einer ausreden!

Während der Himmel am Morgen noch von Wolken bedeckt gewesen war und ein leichter Seenebel die Sicht eingeschränkt hatte, strahlte nun die kalifornische Sonne auf den Ort hinab. Nur die Küstenbergkette umgab wie immer ein leichter Dunst.

Mathilda fand es beinahe schade, dass sie auf dem kurzen Weg nicht an der Strandpromenade vorbeikam. Viel zu selten gönnte sie sich einen freien Tag. Aber Mathilda Jonas ging nun einmal in ihrer Arbeit auf. Was getan werden musste, musste getan werden. Egal, ob es darum ging, einen Neffen zu adoptieren, der seine Eltern verloren hatte, Überstunden im Büro zu schieben oder Haus und Hof instand zu halten.

Mathilda parkte den Pick-up vor dem Gemeindehaus – einem weißen Bau im mexikanischen Stil. Neben der *Old Hall* und dem kleineren Gemeindehaus der Kirche war es vermutlich der wichtigste Veranstaltungsort in Rocky Beach. Mit Sicherheit war es der schönste. Hibiskus-Sträucher säumten den Parkplatz und es gab Rabatten mit bunten Blumen. Als sie den frisch gefegten Plattenweg an den Sträuchern entlanglief, flatterte eine aufgeregte Schar Vögel auf. Kleine, schwarze Körper, die gehetzt das Weite suchten. Mathilda konnte es ihnen nicht verdenken. Es herrschte ein Trubel, den man hier sonst nicht einmal beim Basar erlebte. Eine Traube von Menschen blockierte die Sicht auf den Eingang zum Gemeindehaus, darunter auch Reporter vom Lokalfernsehen.

Mathilda wollte gerade der laufenden Kamera ausweichen, als sich ein junger Mann aus dem Gedränge an der Tür kämpfte. Wie ein Footballspieler preschte er mit nach vorne gebeugtem Oberkörper auf sie zu.

Mathilda hatte keinesfalls vor, überrannt zu werden. Sie versuchte, zur Seite springen, doch da war er schon auf ihrer Höhe und rempelte sie im Vorbeilaufen an.

»Nein!«, entfuhr es ihr, während mehrere Dinge gleichzeitig passierten. Die Kuchenplatte in ihren Händen entwickelte durch den heftigen Schwung ein Eigenleben. Sie geriet ins Trudeln. Die Kuchenglocke segelte – wie in einer grausamen Zeitlupe – durch die Luft und der Kuchen schien ihr folgen zu wollen.

Kirschen aus eigener Ernte, frische Eier, gute Butter und jede Menge Arbeit in Sekunden ruiniert? Nicht mit Mathilda!

Sie machte einen athletischen Ausfallschritt, der einer Zirkusartistin würdig gewesen wäre, und vollführte eine Ausgleichsbewegung mit dem Oberkörper. Ihr linkes Knie knickte ein. Doch Mathilda schaffte es, den Kirschkuchen zu stabilisieren. Das Pochen und Stechen im Knie ignorierte sie tapfer. Sie hatte ihr Werk gerettet. Ein paar Leute klatschten.

Mathilda rappelte sich auf. Über die Schulter warf sie einen Blick auf den jungen Mann, der inzwischen den Parkplatz erreicht hatte und in einen alten Ford stieg. Dieser ungehobelte Geselle sollte ihr noch einmal begegnen! Er konnte von Glück reden, dass der Kirschkuchen seine Unverfrorenheit überlebt hatte.

Ihr Werk fest im Griff, steuerte Mathilda erneut auf den Eingang zu und stürzte sich ins Getümmel. Menschen schoben in alle Richtungen, ein Reporter der Lokalzeitung stieß beim Fotografieren eine Vase mit Blumen um und die Veranstalterin des Wettbewerbs sah aus, als würde sie gleich in Ohnmacht fallen. Wie sich kurz darauf herausstellte, jedoch vor Glück.

»Mrs Jonas!« Eudora Kretschmer fächelte sich Luft zu. »Ist das nicht großartig? Die Show wird ein gigantisches Medienereignis. Sogar Jenny Collins von *Network-TV* ist da.«